集英社オレンジ文庫

合唱組曲・吸血鬼のうた

赤川次郎

イラスト／ひだかなみ

CONTENTS

MAIN CHARACTERS

神代エリカ

吸血鬼クロロックと日本人女性の間に生まれたハーフの吸血鬼。
父ほどではないが、吸血鬼としての特殊能力を受け継いでいる。
現役女子大生。

フォン・クロロック

エリカの父で、東欧・トランシルヴァニア出身の正統な吸血鬼。
…なのだが、今は『クロロック商会』の
雇われ社長をやっている。恐妻家。

涼子

エリカの母亡き後、クロロックの後妻となった。
エリカより一つ年下だが、一家の実権は彼女が
握っていると言っても過言ではない。

虎ノ介

通称・虎ちゃん。クロロックと後妻・涼子の間に生まれた、
エリカの異母弟にあたる。特殊能力の有無はまだ謎だが、
噛み癖がある。

橋口みどり

エリカ、千代子と同じ大学に通っている友人。
かなりの食いしんぼで、美味しいものがあれば文句がないタイプ。

大月千代子

エリカ、みどりの友人で、大学では名物三人組扱いされている(?)。
三人の中では、比較的冷静で大人っぽい。

GASSHO KUMIKYOKU・KYUKETSUKI NO UTA

合唱組曲・吸血鬼のうた

JIRO ✠ AKAGAWA

赤川次郎

吸血鬼と悪夢の休日

✠ 誓い

いつかその日は来る。

誰でも分かっていることだ。

高校は三年間で、落第しない限りは、だが、みんな卒業して行く。

卒業式。——高校生最後の日。

ドラマの中みたいな、真っ赤な夕陽が、校舎と校庭を染めていた。

三人は無言だった。——誰かが口を開かないと、このまま夜になってしまいそうだった。

鉄棒の所に集まっていた三人は、ただひたすらため息をついていたが……。

「よそうよ、陰気なのは！」

と、明るい声を上げたのは、五月《さつき》だった。

「そうだよな」

と、裕也《ひろや》が肯《うなず》いて、

「いくらため息ついたって、明日が変わるわけじゃないんだ」

「でもさ……」

と、伸介《しんすけ》がふくれっつらで、

「まさか、こんなことになるなんて……」

「私だって、思わなかったわよ」

と、五月が夕陽に目を細めて、

「みんながこの町を出て行くことになるなんて」

「しかも、別々の方へな」

と、裕也が言った。

「仕方ないわよ。それぞれお家の事情があるんだもの」

——それきり、また三人は黙った。

夕陽の赤い色が少しずつ暗い夜へと溶けて行こうとしていた。

近藤《こんどう》五月、山本《やまもと》裕也、坂田《さかた》伸介。——三人は、この高校での三年間、放課後はたいてい一緒だった。

三人はバンドをやっていて、裕也がギターを、伸介がベースを弾いていた。リードボーカルを五月が担当した。

別にプロのミュージシャンを目指したわけではないが、初めから気の合った三人の演奏は、高校の文化祭でも定番になっていた。

高校を出たら、それぞれ勤めることになるとは分かっていたが、この町でやっていけると思っていた。

それが……。

町の生活を支えていた大企業の工場が、この春、突然閉鎖されてしまった。町の人々の生活は一変したのだ……。

「——ねえ」

と、五月が口を開いた。

「約束しない?」

「何だよ」

「私たち三人、これから二十年後に集まろうよ。生きてる限りは、必ず！」

と、五月が力をこめて言った。

「二十年？　どうして二十年だ？」

と、伸介が言った。

「だってさ、十年後じゃ、私たち二十八でしょ。どこかで働いてたって、まだ一人前じゃないと思うのよね。でも三十八になったら――。もう多少は自由がきくんじゃない？」

五月の言葉に、裕也が肯いて、

「そうだな。お前がもし結婚して母親になっても、三十八なら、もう子供も大きくなってるだろうし」

それを聞くと、五月はちょっと目をそらして、

「そんな話、今はやめてよ」

と言った。

「どうして？　三十八なら、たぶん――」

「私、結婚なんかしない」

と、五月は言った。

「お前——。そんなこと分からないだろ」

「分かってるわよ。私は一生独身でいる」

「まあ、好きにするさ」

と裕也は言って、

「よし。じゃ、二十年後の今日だな」

「待てよ。集まるって、どこで?」

と、伸介が言った。

「そうだな。みんなバラバラになるんだから……」

「東京にしよう」

と、五月が言った。

「東京ったって広いぞ」

「うん。じゃ、東京のMデパートっていうのはどう?」

「Mデパート？　——まあ、二十年たっても、なくなりゃしないだろうな」

「決めた。二十年後の今日。今……午後の五時半。この時刻に、Mデパートで」

と、五月は言って、

「じゃあ……ともかくそれまで元気でいよう！」

と、裕也、伸介の順に握手をした。

そして、

「さよなら！」

と、ひと言、校庭から走り去って行った。

そして、年月が流れた。

✠ 夜の悲鳴

まだ、そう遅い時間ではなかった。

それに、エリカたち三人はもう大学生で、二十才《はたち》にもなっていたから、夜にどこを歩いていようが、文句を言われることはなかった。

しかし、聞こえて来たのは、文句の代わりに、

「誰か！　助けて！」

という叫び声だった。

夜道を歩いていたエリカと千代子《ちよこ》、みどりの三人は足を止めた。

「——今、何か聞こえた？」

と言ったのはみどりだった。

「助けて、って言ったよ」

と、千代子が振り向いて、

「ね、エリカ？」

吸血族の正統、フォン・クロロックを父に持つ神代《かみしろ》エリカ。聴力も人間よりずっと鋭い。

「あの道の奥からだわ」

と、エリカは駆け出した。

「エリカ！　気を付けて！」

と、みどりが声をかける。

神代エリカと、橋口《はしぐち》みどり、そして大月《おおつき》千代子の三人は大学でも有名な（?）名物トリオ。

しかし、その一方で、何かと犯罪や事件に巻き込まれる機会も多いのである。

細い道を入って行くと、

「助けて！」

と、奥から女性が走って来た。

下着姿で、裸足《はだし》だ。

「どうしたんですか?」

と、エリカが訊くと、

「男に追われてるの! 殺される!」

と、エリカにすがりつく。

「待て!」

ドタドタと足音をたてて、大柄な男が走って来た。

ワイシャツにズボン。こっちも裸足だ。

「あの――どうしたんですか?」

と、エリカは女性をみどりと千代子の方へ押しやって言った。

「どうもこうもない! その女は泥棒なんだ!」

と、男は息を弾ませて言った。

「何よ! 私が何を盗《と》ったって言うの!」

と、女性が言い返す。

「俺の上着から札入れを抜いたじゃないか！　分かってるんだ！」

「そんな物、どこにあるって言うのさ！　探してごらんよ！」

女性は両手を振り回して見せた。

確かに下着姿で、隠す所もないようだが——。

「いや……。間違いない！　こいつが盗んだんだ」

「じゃ、調べればいいでしょ！　何ならここで裸になってやるよ！」

と、女性の方が強気になる。

「待って下さい」

と、エリカが言って、

「札入れって、これですか？」

と、手にしていたバッグから取り出したのは、男物の札入れ。

「それだ！」

「今、私に抱きついたとき、このバッグに入れましたね」

と、エリカは女性に言った。

「――畜生《ちくしょう》！」

と、女性はエリカをにらみつけて、

「あんたみたいな小娘に見破られるなんて……」

それを聞いて、千代子が、

「この子はただの小娘じゃないんですよ」

と言った。

エリカは男性に札入れを渡すと、

「どうします？　警察へ届けますか？」

と訊いた。

「盗まれたのはあなたですから、あなたが決めて下さい」

しかし、男の方も、要するにこの女性に金を払って遊ぼうとしていたのだろうから、あまり自慢できた話ではない。

「――うん、中身はちゃんとある」

と、男は肩をすくめて、

「まあいい。今は勘弁してやるよ」

「何さ、偉そうに」

と、女性は毒づいた。

「後で服を持ってけよ」

と、男は言って、道を戻って行った。

「あなたは？　自首しますか？」

と、エリカが訊くと、

「突き出すなら好きにしな」

と、すっかりふてくされている。

「でも、被害者が黙ってるっていうんですから。——ただ、これまでもそんなこと、やって来たんですか？」

「大きなお世話だ」

と、女性は言った。

「じゃ、私たちはこれで。千代子、みどり、行こう」

と、エリカが二人を促して立ち去ろうとすると、

「ね、ちょっと！」

と、女性が呼び止めた。

「何ですか？」

「ねえ……。図々《ずうずう》しいとは思うんだけど、一万円ほど、貸してくれないかな」

「は？」

「明日、どうしてもお金がいるんだよ。ちゃんと返す！　本当だよ」

と、手を合わせた。

見たところ四十才くらいだろうか。髪がボサボサで、化粧《けしょう》もしていないので、老けて見えるのかもしれない。

「馬鹿らしい、行こうよ」

と、みどりが言った。

エリカは、生活に疲れた様子が見てとれるその女性を見ていたが、

「お名前は？」

と訊いた。

「え？　――ああ、五月《さつき》。大森《おおもり》五月というんだ」

と女性は答えて、

「大森ってのは別れた亭主の名前だけどね。だから今は近藤《こんどう》に戻ってる」

「近藤五月さんですね。分かりました」

エリカはバッグから財布を取り出すと、一万円札を二枚出して、

「二万円、貸します。きっと返して下さいね」

五月という女は、びっくりしたようにエリカを見て、

「いいのかい？　ありがとう！」

と、両手で二万円を受け取った。

「その髪をきちんとするだけでも、結構お金がかかりますよ。――私、神代エリカ。父が〈クロロック商会〉の社長をやってますから、その会社へ返してもらえれば」

「〈クロ……ロック〉？　分かった。必ず返しに行くよ。ありがとう！」

五月はフラフラと歩き出した。

「裸足だから、足を切らないようにね！」

と、エリカは声をかけた。

「エリカ、あんなお金、返って来ないよ」

と、みどりが言った。

「でも、なんだか心底困ってるような気がしたの」

エリカはそう言って、

「さあ、行こう」

と、また夜道を歩き出した。

「——明日、日曜日、どうしてる？」

と、みどりが言った。

「私、買い物したいんだ」

と、千代子は言って、

「デパートに行かない？」

「いいよ。どこにする？」

と、エリカは言った。

「うーん……。Mデパートかな、やっぱり」

「千代子、それって、若者向きじゃないよ」

と、みどりが笑って言った。

「両親がなじみなの。だから、私も売場の人、知ってるし」

「じゃ、Mデパートにしよう」

と、エリカが言った。

さらに「ああでもない」「こうでもない」と話し合った末、明日日曜日の午後二時にMデパート一階のライオン像の前で待ち合わせることに決まった。

そこで買い物と途中休憩を取り、夕方になったら、どこかその近くで夕食をとるというプラン。

エリカは、さっきの女性に二万円渡してしまったので、お父さんからおこづかいの前借りをしよう、と考えていた……。

✠ 手配

昼食のカツ丼を一口食べたところで、ケータイが鳴った。

「畜生《ちくしよう》！　昼飯ぐらいゆっくり食わせろ」

と、ブツクサ言いながら、村井《むらい》はポケットからケータイを取り出した。

「――誰だ？」

知らない番号だった。しかし、出ないわけにはいかない。

刑事という仕事柄《がら》、放っておくということはできないのだ。

お茶をひと口飲んで、

「もしもし。――誰だ？」

押し殺したような声で、

「俺です。〈松《まつ》〉ですよ」

「ああ。――何だ？」

村井が目をかけている情報屋である。

「――え？　何だって？」

店の中が昼休みでやかましい。村井は、

「ちょっと待て」

と、店の表に出た。

「何の話だ？」

「堺《さかい》です。堺建介《けんすけ》ですよ」

「何だと？」

村井の顔が引きしまった。

「堺の奴の居所が分かったのか？」

「ゆうべ、サト子のアパートに行ったんです。泊まったはずですから、まだいると思いますよ」

「分かった！　今度礼をするぞ！」

もうカツ丼どころではない。村井は支払いをして店から飛び出した。

「村井さん、どうします？」

と、林《はやし》刑事が言った。

「おい！　大きな声を出すな！」

村井に叱《しか》られて、林は、

「すみません」

と、首をすぼめた。

どっちかといえば、村井の声の方が大きかったのだが、部下の林としてはそうも言えない。

村井と林は車でこのアパートまで駆けつけた。

二階建の古いアパートだが、家賃が安いのだろう、どの部屋も埋まっている。

「あの角の部屋だ」

と、村井は二階のその部屋の窓を見上げて言った。

「まだカーテンが閉まってますね」

「サト子は夜の商売だからな。大方まだ寝てるのさ」

「そろそろ応援が来ますよ」

と、林が言った。

相手は何人も殺している凶悪犯だ。逃げられないように、この付近を警官で取り囲んでから踏み込まなくてはならない。

しかし、村井には不安があった。

「奴は敏感だからな。パトカーがこの辺に何台も来たら、気配を感じるだろう」

「でも――」

「林。俺たち二人でやろう」

と、村井は言った。

「でも、万一――」

「逃がしたら？　大丈夫、不意を襲えば、そんなことはない」

若い林としては、大先輩の村井に言われたら従わないわけにいかない。

「でも、玄関には鍵《かぎ》が……」

「分かってる」

村井は少し考えていたが、

「林、お前が玄関のドアを叩いて、『開けろ！』と声をかけろ。堺は窓から逃げようとするだろう。俺が窓の下で待ち構えている」

「そううまく行きますかね」

「しっ！　おい、見ろ！」

その窓のカーテンが開いて、女の姿が、チラッと見えた。

「行け！」

「はい」

林はアパートの中へと駆け込んだ。

村井はものかげに身を隠しながら、窓の下に行くと、拳銃を抜いた。

堺を見たら射殺する。そう決めていた。

油断すれば逆にやられる。

村井は、今にも窓が開いて、堺が飛び下りて来るのを待っていた……。

村井は呆然《ぼうぜん》として、二階の通路の奥に、血に染まって倒れている林を見下ろしていた。

駆けつけて来た刑事が救急車を呼んでいたが、もう手遅れなのは明らかだった。

堺は、村井たちに気付いていたのだ。

林が部屋のドアを叩こうとしたとき、ドアは中から開いた。そして目の前に堺が拳銃を構えて立っていた……。

「――村井さん！」

と、刑事の一人が呼んだ。

「何だ？」

「女はまだ息があります！」

我に返って、村井は部屋に上がった。

サト子が倒れている。堺は逃げるとき、サト子も撃って行ったのだ。

「おい。しっかりしろ！　今、救急車が来るからな」

と、村井はそばに膝をついて言った。

「ひどい奴……。私まで殺して……」

と、サト子は苦しげな声で言った。

「奴は何か言ったか？　どこへ逃げるとか……」

「Mデパート……」

「何だって？」

聞き間違えたのかと思った。しかしサト子は苦しい息づかいをしながら、

「Mデパートよ……。ちゃんと聞いて」

と、文句を言った。

「すまん。堺がMデパートに？」

「今日の夕方に、どうしても行かなきゃならないんだって……。そう言った……」

サト子が咳《せき》込んで、口から血が流れた。

「分かった！　ありがとう」

村井はサト子の手を握った。

「あの若い人は……死んだの？」

村井はちょっと詰まったが、

「——うん、死んだ」

「可哀《かわい》そうに……」

「必ず敵《かたき》は取ってやる」

「でも……すぐに殺さないでね……」

と、サト子は村井を見上げて、

「私が地獄で待ってる、って……。そう言って」

「ああ、分かった」

「本当に……あんな奴と係わったおかげで……」

声が細くなって、消えた。

「——死んだ」

村井は立ち上がって、

「おい！　手配だ！　Mデパートに堺の奴が現れる！」

「しかし課長――」

と、村井は言いかけたが、

「考えてみろ」

と、課長はしかめっつらで、

「日曜日のデパートだぞ。大勢客がいる。そんな所で撃ち合いを始めるつもりか？」

「いや、もちろんそんなことは……」

「あちこちに刑事が突っ立ってたら、堺が気付くに決まってるだろう」

「でも、またとない機会なんです」

と、村井は必死に言った。

「分かってる。見逃せと言ってるわけじゃない」

と、課長は言った。

「監視する人数は最小限にしろ。デパート側からは、万一のときどうするのかと言って来ている」

「それは……成り行きで、どうなるか……」

「林が殺されて、悔しい気持ちは分かる。だが、デパートに来ている一般客に被害が出ることだけは避けろ。いいな」

「――分かりました」

「もし、どうしても一般客を巻き込まないと堺を逮捕できないようだったら……。逃がしても仕方ない」

村井は青ざめたが、

「肝《きも》に銘《めい》じておきます」

と、一礼して課長のデスクの前を離れた。

廊下《ろうか》へ出ると、

「畜生！」

と、思わず言葉が出る。

「誰が逃がすもんか。絶対に――絶対に、奴を殺してやる！」

そして、村井はMデパートへ連れて行く部下を誰と誰にするか、考えながら歩き出した。

「――そうだ」

課長には無断だが、村井は親しい仲間にケータイで電話をかけた。

「何だ、村井か。今日は大変だったそうだな。聞いたよ」

と、向こうが言った。

「ああ、堺の奴を仕止めたい。力を貸してくれ」

「俺が？　しかし正式の依頼がないとな」

「そこを何とか頼む！　責任は俺が取る。Mデパートに夕方、堺が来るんだ」

「Mデパート？」

「出入口を、どこかから狙えないか？　絶対に逃がしたくない。射殺して構わん」

「上司に無断で狙撃しろって言うのか？」

「頼む。恩に着るよ」

村井はくり返した。

「お願いだ……」

＊人ごみ

日曜日に、家族で買い物。

普通の家庭なら微笑《ほほえ》ましい光景だろうが、神代《かみしろ》エリカとしては……。

何しろ、いつものマントをまとった父、フォン・クロロックと、エリカより一つ年下の妻、涼子《りょうこ》。そして、ベビーカーで元気に手足を振り回している虎ノ介《とらのすけ》……。

本物の吸血鬼たるフォン・クロロック。見た目はさすがの貫禄《かんろく》だが、混み合うデパートで、ベビーカーを押しているクロロックというのは、やはりかなり目立つ姿だった。

「私が押す?」

と、エリカが訊いたが、

「いや、これは父親の当然の役割だ」

というクロロックの言葉は、何といっても若い奥さんに惚《ほ》れた弱み、というところだろう。

「それより、エリカ、お前は友達と会うんだろう?」

と、クロロックが言った。

「うん……」

実のところ、エリカが、大月千代子《おおつきちよこ》に付き合って、橋口《はしぐち》みどりと三人、Mデパートでショッピングの予定だった。

ところが、朝食の席で、エリカが今日の予定を話すと、涼子が、

「私も、新しいスカートが欲しかったの!」

と言い出して、クロロックの方へ、

「ね、あなた。一緒にデパートに買い物に行きましょうよ」

と、ちょっと小首をかしげて言った。

クロロックが、愛妻のこのポーズに弱いことを、涼子はよく承知しているのである。

エリカはあわてて、

「私、虎ちゃんの面倒みられないよ！　千代子やみどりと約束してるから」

「あら、もちろん虎ちゃんも一緒よ。可愛《かわい》いベビーウェアも欲しいし。ね、あなた。いいでしょ？」

いや、と言えるわけのないクロロックだった。――かくて、エリカと一緒にクロロック親子がついて来たのだ。

「そろそろ約束の時間だ」

と、エリカは腕時計を見て、

「私、ブランドのフロアに行くね。そこで会うことになってるの」

「まあ！　偶然ね！」

と、涼子が、わざとらしく、

「私もそこに行こうと思ってたのよ」

――というわけで、クロロック一家は虎ちゃんも含めた四人で、ブランドのコーナーがズラリと並ぶ辺りへと上って行った。

「やあ、エリカ！」

と、千代子が見付けて手を振る。

「クロロックさん、こんにちは」

「やあ、元気そうだな」

「はい！　虎ちゃんも大きくなりましたね」

「千代子、みどりは？」

「まだ見てないけど、何か途中で食べてんじゃないの？」

「当たってそう」

と、エリカは笑った。

「二人で見て来い」

と、クロロックが言った。

「じゃ、私も見て回るわ。あなた、ついて来て」

涼子がさっさと歩き出し、クロロックはあわててベビーカーを押しながら、後を追った。

「いいパパ、やってるね」

と、千代子が感心する。

「本人が満足してるからいいけどね」

と、エリカが言うと、

「あ、ごめんなさい」

と、ブランドの紙袋をさげた女性が、エリカとぶつかりそうになった。

「いえ、大丈夫ですよ」

と言ったエリカ、メガネをかけて、スーツ姿のその女性を見て、

「――あ」

と、目を見開いた。

その顔よりも、声と話し方がエリカの記憶力にピンと来た。

「あら」

向こうも足を止めて、エリカを見ると、

「ゆうべの……」

二人は何となく黙って向かい合っていたが、

「あのときはどうも……」

「近藤五月《こんどうさつき》さんでしたね」

「はい。ええと……エリカさん、でしたか」

「とてもちゃんとしてますね、今日は。髪も整ってるし」

「朝一番で美容院へ行って……」

「スーツもお似合いですよ」

「安売りのを買ったんですけど……。お借りした二万円は、きっちり使ってしまいました。必ず返します」

　と、五月は言った。

「信じてます。今日のご用はすんだんですか？」

「いえ、これから……。昔の友人たちに会うんです。二十年ぶりに」

「それは楽しみですね」

「どうなってるか……。お互い、連絡も取れなかったので、本当に来るかどうかも分かりません」

「会えるといいですね」

と、エリカは微笑んで、

「胸を張って、堂々と」

「——そうですね」

そのとき、千代子が、

「みどりが来た！」

と、エスカレーターの方へ手を振った。

「じゃ、これで」

五月は会釈《えしやく》すると、ちょっと咳払《せきばら》いしてから立ち去った。

「捜しちゃったよ！」

と、みどりがやって来ると、

「エリカ、今の人、誰か知り合い？」

「まあ、ちょっとね」

エリカは口の開いた自分のバッグを見下ろした。

五月は、ぶつかったとき、エリカのバッグから財布をすっていたのだ。そして、今別れぎわに、財布を戻して行ったのである。

手なれた技だ。かなり常習のスリなのだろう。

二十年ぶりに友人たちと会って、何か新しい日々が始まるといいけれど、とエリカは思った。

「さあ、買い物しよう」

と、エリカは促した。

めいめい、好みのブランドがある。

三人は別々のショップで服を見ていた。

「――いいのがありそうか」

クロロックがベビーカーを押してやって来た。

「お母さんは？」

「今はブラウス選びに目がない」

と言ってから、

「様子がおかしいぞ」

と、小声になる。

「え？」

「目つきの悪いのが、あちこちにいる」

と、クロロックはショーウィンドウを見ているふりをして、

「今、こっちへ来る男を見ろ」

エリカはチラッとその男へ目をやった。

わざとらしく、のんびり歩いて見せているが、ガチガチに緊張しているのがひと目で分かる。

通り過ぎて行くと、

「凄《すご》い目をしてたね。血走ってたよ」

「うん。あれほどではないが、やはり普通でない男と女が少なくとも三人はいる」

「何かしら？」

「あれは刑事だろう。大方、誰かが現れるというので、見回っているのだ」

「きっとそうだね」

と、エリカは肯《うなず》いて、

「普通のお客のふりをしてるんだろうけど、あれじゃひと目で分かっちゃうね」

「ああ。――もちろん、めったなことはないと思うが、みんな拳銃を持っておる。まさかこの人ごみの中で発砲はしないだろうがな」

「虎ちゃんがいるんだから、気を付けて」

「分かっとる」

クロロックがベビーカーを押して行くと、エリカはさっきの男の他にも、明らかに様子がおかしい男女を見付けた。

耳にイヤホンを入れて、

「了解しました。上のフロアに移動します」

などと言っている。

「あれじゃあね……」

と、エリカはため息をついた。

まるで〈刑事です！〉というプラカードを持って歩いてるみたいだ。

でも、あの緊張感は……。よほど重要な凶悪犯が現れるんだろう。

「おい」

と、ギュッと腕をつかまれて、五月はびっくりして振り向いた。

「ああ、村井《むらい》さん」

顔を知っている刑事だった。

「何してるんだ？」

と、村井は言った。

「何って……。買い物ですよ。デパートで買い物しちゃいけないんですか？」

「怪しいもんだな。客の財布が目当てだろ」

「やめて下さいよ。もう最近はやめてるんですから」

「本当か？　まあいい。今日はお前みたいなケチなスリはどうでもいいんだ」

五月はムッとして、

「一般人をつかまえて、その言い方ってないんじゃないですか？」

「どうでもいい。お前も用心しろ。巻き添えをくわないようにな」

「そんな……とんでもないのが隠れてるんですか？」

「夕方、やって来るはずだ。俺の若い部下を殺しやがった」

「まあ……。警官を？」

「他に何人も殺してる。いざとなったら銃撃戦だ。気を付けるんだな」

そう言って、村井は行ってしまった。

「ただごとじゃないわね」

あの村井の様子。その犯人を、何が何でも射殺するつもりだ。

「でも、こんなデパートで？」

流れ弾が客に当たったりしたら大変だ。

もし、他の二人、山本裕也《やまもとひろや》と坂田伸介《さかたしんすけ》がやって来たら、注意してやろう。

いや、早々にこのデパートを出た方がいいかもしれない。

まだ約束の午後五時半には間があるが……。

それにしても……。あの女の子にはふしぎなところがある。

ゆうべもそうだったが、今もバッグから財布を抜き取ったことに、明らかに気付いていた。

しかも五月に財布を戻させただけで、咎《とが》めだてもしなかった。

そう。――あの子の目は、

「もう、そんなことはやめた方がいいですよ」

と言っていた。

考えてみれば、いくら夫に裏切られ、食べていくのにも困ったからといって、生まれつきの指先の器用さを、人の財布をすることに利用しなくても良かったのだ。

もちろん、アルバイトやパートの仕事では自分一人食べていくのも容易ではない。病気だった母の治療代を稼《かせ》ぐには、スリが一番手っ取り早い方法だったのだ。

その母ももういない。そして、五月の運もそろそろ尽きようとしていた。

あの村井をはじめ、何人かの刑事には目をつけられている。今のところ現行犯で逮捕されたことがないから、刑務所行きはまぬがれているが、いつその日が来るか分からない。

「潮どきかね……」

と、五月は呟《つぶや》いた。

今日、ここで会おうと言い出したのは自分だ。しかし、他の二人に、堂々と顔を合わせることができるだろうか？

もちろん、

「スリをやってる」

とは言えない。

結婚に失敗して、今は独り。それ以上のことは言えない。

ああ……。十八才のあのときに帰れたら。

ふと足を止め、五月は、大勢の客の行き交うフロアを眺めると、

「どんな風なんだろう、二人」

と呟いた。

✤ 追い詰める

階段の辺りに来ると、人が少なくてホッとする。

「お父さんも避難して来たの？」

と、エリカは、ベビーカーを押したクロロックと会って言った。

「涼子《りょうこ》は買い物なら何時間でも楽しんでいられるからな」

と、クロロックは言って、

「虎《とら》ちゃんも、うまい具合に眠っとる」

「私は、服一枚に一時間もかける気しないわ」

と、エリカは言った。

「千代子《ちよこ》とみどりの二人はあちこち歩き回ってる」

「日曜日だ。まだこれからもっと人が出てくるかもしれんな」

と、クロロックはフロアを見渡した。

そこへ、階段を下りて来たのは、さっき見かけた「血走った目」の男。

「いいか、油断するなよ」

と、えりもとのマイクに話しかけている。

クロロックと目が合うと、そのマント姿に、

「あんたは何者だ?」

と訊いた。

「私はただの客だ」

と、クロロックはベビーカーを見下ろして、

「奥さんがショッピングしている間、子供のお守りをしている父親さ」

「妙な格好をしているな」

「服の好みは色々だ」

「それはそうだが……」

「お願いがある」

「何だ?」

「何しろ、こういう小さな赤ちゃんもいる。めったなことで拳銃を使わんでくれ」

相手は目を見開いて、

「何だと? どうしてそんな——」

「落ち着け。別に超能力がなくても、その上着の下に銃を所持しているのは分かるぞ。他の面々も、何人いるか知らんが、いつでも銃を使えるようにしているらしい。どんな人間を捜しているかはともかく、そんなに切羽詰《せっぱつ》まった表情をしていてはまずいのではないかな? 他の客が、気味悪げにあんたを見ていることに気付かないのか?」

「そんなに……。自分ではごく普通にしているつもりだが……」

と、息をついて、

「確かに、緊張はしている」

と肯《うなず》いた。

その刑事は村井《むらい》と名のって、このデパートに夕方現れるはずの凶悪犯を捜しているのだと言った。

「かなり危険な人間なのだな？」

　と、クロロックが訊く。

「その通り。堺建介《さかいけんすけ》といって、何人も人を殺している」

「しかし、あんたを見ていると、その男はただの手配犯ではないようだな」

「いや、実は……その通り」

　村井は、クロロックと話をして、少し体のこわばりが取れた様子だった。

　若い部下を殺された話をして、

「自分の判断が甘かった。そのせいで、部下を死なせてしまったのだ……」

　クロロックは肯いて、

「自分を責めるのは分かるが、そのことに冷静さを失っては、失敗するぞ。あんたは刑事なのだ」

「――そうですな」

　と、村井は言った。

「いや、ご意見、ありがとう。客に迷惑はかけないようにする」

「そうしてくれ」

クロロックはそう言うと、村井が階段を下りて行くのを見送っていたが、

「少しはほぐれたようだな。しかし、いざその犯人が現れたら、どうなるか分からん」

「そうだね。でも、その殺人犯の方も、どうしてこんなデパートにやって来るんだろうね？」

「ま、よほど大事な用があるのだろう」

「私たちには関係ないけどね……」

しかし——そうはいかなかった。


「いい加減にしてよ！」

苛々《いらいら》と、叩きつけるような声に、近くにいた客たちは一瞬振り向いた。

「私だって、ブラウス一枚買わないで我慢してるのよ。ゴルフウェアだって？　そんなもん、何だって着てりゃいいじゃないの！」

「いや、しかし付き合いってものが……」

「ゴルフを口実にして、子供の面倒もみないで！　私はもう何年も映画一本見てないのよ」

かみつきそうな勢いである。――言われている夫の方は、周囲の視線も気になるようで、

「分かってると言ったじゃないか。そんな大きな声で……」

「大きな声で悪かったわね！　つい大きな声になるのよ。ストレスがたまってるんでね！」

夫婦で太っているのは、ストレスのせいだろうか。

「――凄《すご》い迫力だね、あの奥さん」

と、みどりが言った。

「子供が可哀《かわい》そう」

と、千代子が言った。

その夫婦に、七、八才かと思える女の子がついて来ているのだが、両親のやりとりが人目を引いていることに気付いているので、わざと少し離れて、

「私、他人だから」

とでも言いたげにそっぽを向いていたのである。

「あの気持ち、分かるわ」

と、みどりが笑って言った。

「好きにしろ」

と、夫が言った。

「ええ、するわよ！　恵《めぐみ》、帰りましょ。お父さんは洒落《しやれ》たゴルフウェアを買うんですって。恵にセーターの一枚でも買ってくれればいいのにね」

と、娘を手招きしたが、娘は穏やかに、

「せっかくデパートに来たのに、どうしてケンカばっかりしてんの？　デパートは買い物するところで、ケンカするところじゃないでしょ」

娘に説教されて、両親は立ちすくんだ。

周囲の客から拍手が起こった。夫婦は赤くなって、

「――どうも、みっともないことだったな」

「そうね。——恵、アイスクリームでも食べる？」

「うん！　チョコレートパフェがいい」

「よし、お父さんも思いきり甘いケーキを食べるぞ」

「太るわよ」

「どうせ太ってるんだ。今さら、一キロや二キロ」

夫の方が娘の手を引いて、三人はエスカレーターの方へ歩いて行った。


「まさか……」

派手にケンカしている夫婦を、五月《さつき》は少し離れて眺めていたのだが……。

その声に「おや？」と思った。

どこかで聞いたことのある声のようだった。そして——思い当たったものの、

「まさか」

と、つい口に出して言っていた。

あの、不健康に太った体型の父親は、間違いなく、今日ここで会うはずの、山本裕也《やまもとひろや》だ

った！

信じられない！

三人の中では一番成績も良く、スマートで女の子たちの人気者だった山本。

でも、今は……。あのころの三倍ぐらいもありそうに見える。

そして、同様に太った奥さんと女の子。——あのとげとげしいやりとりを聞いていると、山本はどうにも幸せには見えない。

「山本君……」

五時半に、ちゃんと待ち合わせ場所に来るだろうか？

五月は、二十年という長い年月を思い、二十年前の姿をとどめたままの彼らが現れるのを期待していた自分を恥ずかしいと思った。

少なくとも、山本は人の財布をすったりしない。

もう一人——坂田伸介《さかたしんすけ》はどうだろう？

五月は、知るのが怖くなっていた。

五時を過ぎた。

村井は、デパートの中を歩き回って、さすがにくたびれていた。

「――みんな、異状はないか」

と、マイクに問いかけると、デパート内のあちこちに散っている部下たちから、

「今のところ、堺は見当たりません」

という声が入ってくる。

「よし。油断するな。ずっと動いているのも、体力を使う。少し今の所で休憩《きゅうけい》しろ」

と、村井は指示して、売り場の隅にあるソファに腰をおろした。

畜生《ちくしょう》……。いつになったら現れるんだ？

村井から「休憩しろ」と言われて、ホッとしていた。

今日、デパートにやって来た刑事たちの中で、唯一の女性刑事。小田弘子《おだひろこ》は今、二十七才。

童顔なので、二十二、三と言っても通用するだろう。

小田弘子は、今日の「作戦」に、自分から参加したいと言ったわけではない。もちろん村井から指名されたときは嬉しかったが、特別そう見えないように振る舞っていた。

それは小田弘子が、ひそかにではあるが、殺された林《はやし》刑事に想いを寄せていたからである。

むろん、それだけに堺への憎しみは強かったが、その分、実際に堺を目の前にしたとき、冷静でいられるか、自信がなかった。

大丈夫。村井さんの指示を守っていればいい。

そう。――たぶん、私の前に、堺は現れないだろう。

弘子は化粧室《けしょうしつ》に入った。

今のデパートの女性化粧室は、きれいで、休めるように長椅子《ながいす》も置いてある。

弘子は手を洗ってから、冷たい水で顔を洗った。

「――落ち着いて」

と、自分に言い聞かせる。

ペーパータオルで手を拭く。

　すると、七、八才ぐらいの女の子が、隣に来て、手を洗った。

　ペーパータオルを取ろうとするが、少し遠い。——弘子は二、三枚取って、渡してやった。

「ありがとう」

　と、女の子はニッコリ笑った。

「ママと一緒？」

　と、弘子は訊いた。

「お父さんも。——今、みんなでアイス食べてるの」

「まあ、いいわね」

　そういえば、すぐそばにパーラーがあった。

　弘子は女の子と一緒に化粧室を出た。

　そのとき、首筋に冷たい金属が押し当てられた。

「動くな」

　と、男の声が言った。

「刑事だってことは分かってる。死にたくないだろ」

弘子の顔から血の気がひいた。

「——堺ね」

声が震えた。

「その女の子の手を取れ」

「え?」

「女の子を連れて出口の方へ歩くんだ」

「この子はよその子よ」

「分かってる。むやみに発砲させないようにだ」

「でも——」

「死にたいか?」

冷ややかな声だった。いざとなれば、平気で引き金を引くだろう。

「分かったわ」

弘子は女の子の手を取って、

「ね、お姉ちゃんに、デパートの出口がどこか教えてくれる?」

と言った。

「いいよ」

と、女の子は肯いて、

「お姉ちゃん、知らないの?」

「どこだったか、すぐ忘れちゃうのよ」

「大人のくせに、だめね」

「ええ、本当にね」

「こっちだよ」

と、女の子が弘子の手を引く。

「すぐ後ろからついて行くぞ」

と、堺が言った。

「いいな。妙な真似《まね》をしたら、まずその子を撃つぞ」

「分かったわ……」

どうすることもできない。

そのとき、イヤホンに、

「よし、もう一度、主なフロアを回れ。変わりないか?」

と、村井の声が聞こえて来た。

＊再会

「上に行ったり、下に行ったり、だね」

と、エリカは言った。

「女性服の売り場が分かれてるのがいけないのよ」

と、みどりが言った。

確かに、それは間違いじゃない。若者が多いとは言えないこのデパートでも、女性服は四フロアもあるので、目当てのブランドを回ろうと思うと、エスカレーターを、上へ下へとくり返すことになるのである。

今、エリカたち三人は三階から四階へとエスカレーターで上っているところだった。

隣に下りのエスカレーターがあり、そろそろ五時半になろうとしているので、帰る客が増えているのか、今は下りの方が大勢乗っている。

エリカは下って行く客を何気なく見ていたが――。

え？　今のは……。

エリカは四階へ上ると、すぐケータイで父へかけた。

「お父さん？　今、どこにいる？」

「五階のベビー服だ」

「今、三階へエスカレーターで下りてった女の人、確か刑事だった」

「うん、女もいたな」

「それが、小さい女の子の手を引いてて、すぐ後ろに男がぴったりくっついてた」

「そいつは問題だな」

と、クロロックは肯《うなず》いて、

「すぐ行く。一階から出て行こうとするだろう」

「私も下に」

エリカはエスカレーターが混んでいるので、階段へと駆けて行った。

そろそろだわ……。

五月《さつき》は、腕時計を見た。約束の五時半まで、あと五分。

ただ「Ｍデパートで」と決めていただけだったが、普通なら正面玄関を選ぶだろう。

正面玄関を入った所は、少し広くなっていて、案内のカウンターがある。

五月は隅の方で立っていた。

山本《やまもと》は妻子があって、ここへ来られるだろうか？

そして坂田伸介《さかたしんすけ》は……。

そのとき、五月の目は小さな女の子を見ていた。

「あら。――あの子」

そうよく見ていたわけではないが、山本の子と似ている。着ているものも。

しかし、手を引いているのは、山本の妻ではない。あんなに太っていなくて、もっと若い。

でも、どうしてあの子が他の女性と？

その二人の後ろに、ぴったりとついて歩いている男。――五月はじっと目を細くして眺めていた。

階段を飛ぶように下りて来たエリカは、危うく誰かとぶつかりそうになった。

「ああ、さっきの――」

村井《むらい》だったのだ。

「刑事さん、女の方、部下にいますね」

「ええ、小田君《おだ》といって――」

「小さな女の子の手を引いて、今、下へ」

「女の子？」

「男が背後にくっついてました。脅《おど》されてるんだと思いますよ」

村井がサッと青ざめた。

まさか……。あれって……。

五月は歩み寄ると、

「――坂田君？」

と、声をかけた。

男がハッと振り向く。

「向こうへ行け！」

と、鋭い声で言ってから、

「――お前、近藤《こんどう》か？」

「そう！　近藤五月よ」

「来てたのか……」

「坂田君、キリッとして、いい顔になったわね」

と、五月は言った。

「そうか。憶えていたんだな、二十年も」

「もちろんよ。――私は結婚して、別れて、あんまり自慢できる暮らしはしてないわ」

「山本を見たか？」

「ええ、来てるわ。話してないけど」

「じゃ、ここへ来るな」

確かに、山本はやって来た。

焦って、受付へと駆け寄ると、

「すみません！　子供が迷子になってるんです！」

と、上ずった声で言った。

弘子《ひろこ》が手を引いていた女の子が、

「お父さん！」

と呼んだ。

山本がびっくりして振り向く。

「坂田君、あれが山本君。その子は山本君の子よ」

「何だって？」

弘子は女の子の手を放した。

「恵《めぐみ》！　良かった！」

　山本が娘を抱きしめる。

「動くな！」

　坂田は、弘子の背中に銃口を押し当てた。

「坂田君、何してるの？」

　と、五月が目を見開いた。

「坂田――だって？」

　山本が五月と坂田を見て、

「お前たちか！」

「山本君、あなたもよくここへ」

　坂田が苦笑して、

「会ってもきっと分からなかったぜ、山本」

「だらしない暮らしをしてるんだ。こんなに太っちまって……」

　そのとき、村井が駆けつけて来た。

「堺《さかい》！　銃を捨てろ！」

と、拳銃を抜いて構える。

「坂田、お前――」

「俺は〈堺建介《けんすけ》〉って手配中の人殺しなのさ」

坂田は銃口を弘子の首へ当てると、

「また部下を死なせたいか？」

と、村井へ言った。

「よせ！　逃げられないぞ！」

「どうかな？　この大勢の客の中で撃ち合いを始めるか？」

村井は唇をかんだ。他の部下たちもやって来る。

「待て！」

と、村井は言って、

「撃つな！」

と、手を広げて止めた。

「近藤、山本、約束は守ったぜ」

と言うと、坂田は弘子を盾に、デパートを出て行った。

「——エリカ」

クロロックがやって来た。

「お父さん。遅いよ」

「涼子《りょうこ》がトイレに行っていてな。虎《とら》ちゃんを見ていなくてはならなかった」

「今、女の刑事さんを人質にして——」

と、エリカが言ったとき、表の通りに悲鳴が上がった。

「何があった？」

クロロックとエリカは外へ飛び出した。

道に倒れていたのは——あの女の刑事だった。

「馬鹿め！」

坂田が叫ぶように言った。そして、追って来た村井を見ると、

「もっと腕のいい奴を使え！」

と言って、拳銃を自らの胸に向け、引き金を引いた。

「二十年後だったんです……」

と、五月は言った。

「たった二十年で……」

デパートの前は、パトカーや救急車で埋まっている。

「近藤……」

「山本君、奥さんが心配してるわ。戻ってあげて」

「うん……。元気でな」

「お互いにね。――少しやせたな」

「うん」

山本はちょっと笑みを浮かべて、

「でも――生きてるだけでも……」

「そうね」

五月は、山本がデパートの中へ、娘の手を引いて戻って行くのを見送った。

「――あの刑事さんは？」

と、エリカがクロロックに訊いた。

「重傷だが、何とか命は……。しかし、こんな人ごみの中で狙撃させるとはな」

クロロックは首を振って、

「むずかしいものだ」

と言った。

救急車が女性刑事を運んで行き、村井は一人、呆然《ぼうぜん》として坂田の死体のそばに立ち尽くしていた。

「――お父さん！」

と、エリカがケータイを手にして、

「お母さんからかかってるよ！」

「すぐ行く！　そう言っといてくれ！」

クロロックはマントをひるがえして、デパートの中へと駆け込んで行った。

吸血鬼の道行日記

✠ 真昼の駆け落ち

列車が出るまでの数分間ほど長いものはない。

特に、見送りに来た人と格別親しいわけでもなく、話の種も尽きてしまってから、なお発車まで何分もあるという状態では、

「どうぞお帰り下さい」

と言いたいのを、ぐっとこらえなくてはならない。

「今日はちょっと肌寒いですな」

と、フォン・クロロックが言って、

「いや、全《まった》くです」

と、見送りに来たサラリーマンが応じる。

「しかし、陽射しがあるので、そう寒くはありませんな」

と、クロロックが言うと、

「そう！　なかなか暖かいです」

どっちなんだか……。

少し離れて立っていた神代《かみしろ》エリカは、笑い出しそうになるのを、必死でこらえていた。

やっとホームにベルの音が鳴り響いて、

「ではどうも」

「色々お世話になりましたな」

と、クロロックは会釈《えしやく》して、

「では失礼します」

クロロックとエリカは列車に乗り込むと、ホッと息をつきながらグリーン車の座席の方へと通路を歩いて行ったが――。

「お父さん」

と、エリカが言った。

「窓の外……」

二人の座席の窓の前に、見送りの男性が、しっかりと立っていたのである。

「やれやれ……」

と、クロロックは呟《つぶや》いたが、うんざりした顔もできず、会釈をくり返す。

すると、ホームの男もくり返し頭を下げる。

クロロックとエリカは座るわけにもいかず、窓に向かって立ったまま、列車が動き出すのを待っていた。しかし——まだホームではベルが鳴っている。

そして、やっとベルが鳴り止んで、いよいよ動くか、というときだった。

ホームを猛然と駆け抜ける女性がいた。

はおったコートは彼女の羽根でもあるかのように背後になびき、スカートは太腿《ふともも》までめくれていた。

そして、ピーッと笛が鳴って、扉の閉まる音がした。

静かに列車が動き出す。クロロックとエリカはフウッと息を吐くと、深々と頭を下げる見送りの男性に向かって、ちょっと手を振ったりした。

そのとたん、二人の車両へ飛び込んで来たのは、ホームを駆けていた女性だった。

扉が閉まる直前に乗って来たのだろう、喘《あえ》ぐように息を切らして、なぜかクロロックへと駆け寄ると、その腕をつかんだ。

クロロックが面食らっていると、ゆっくりと眼前を動いて行くホームを、二人の男が走って来た。そして、窓の中のクロロックを目にとめて、ギョッとしたように見つめたのだ。

すると、クロロックにしがみついた女性は、更に力を入れてしっかりと腕を絡め、ホームの男たちを見返したのである。

列車のスピードが上がり、ホームの男たちはたちまち見えなくなった。

「——どうしたの？」

エリカが呆気《あっけ》に取られている。

その女性は、やっとクロロックから手を離して、

「すみません！」

と、苦しそうに息をしながら言った。

「勝手なことをしまして……」

「何だったのかな?」

と、クロロックは言った。

「はあ……。とっさのことで……」

まだ二十四、五というところか。グレーのコートの下は、可愛《かわい》いピンクの服を着ていた。

「席はあるのか? ——ない? では、ともかく、空いている席に……。エリカ、そっちで聞いておれ」

「うん」

エリカは通路を挟んだ席に座った。

「あの……私は香山《かやま》ゆかりといいます」

と、その女性は口を開いて、

「この列車には、駆け落ちするので、乗ったんです」

「駆け落ち? しかし、普通、駆け落ちには相手がいるのではないかな?」

と、クロロックが訊いた。

「はい。でも、見付かると大変なので、この列車で待ち合わせていました。どこかに乗っ

ているど思うんですけど」

「しかし、あんたは追われているようだったな」

「ホームに上がって来たとき、見付かって、必死で逃げてこの車両に……」

「すると、彼氏が乗っているかどうかもはっきりとせんのだな。まあ、それはいい。私の腕をつかんだのは……」

「すみません！　追って来た連中に、駆け落ちの相手を見せておこうと……」

「私が代役というわけか」

「申し訳ありません！」

「本当の相手とは全く違っとるだろうからな。――だが、ちょっと気になるのは……」

と、クロロックは顎《あご》をなでて、

「追って来た二人の男。どうもヤクザの子分のように見えたが……」

香山ゆかりは、目を伏せて、

「おっしゃる通りです」

「つまり……」

「私は……ヤクザの〈S組〉の組長の所から逃げ出して来たんです」

「それは……」

「私、組長の大河内《おおこうち》の愛人でした。でも、もう耐え切れなくて……」

と、声を詰まらせる。

「お父さん」

と、エリカが言った。

「お父さんがヤクザに追いかけられるかもしれないよ」

「うむ……。それも厄介《やっかい》だな」

「本当にすみません！」

と、香山ゆかりは、くり返し謝ると、

「あの連中が追って来たら、私のこと、全く知らないと言ってやって下さい」

「それですめばいいが。――まあ、走っている列車には乗って来んだろう。ともかく、一席取ってあげる。次の駅に着く前に、彼氏が捜しに来るだろうが」

「はい、たぶん……」

自信なげな口調だった。

そして、エリカと入れ替わって席についたのだが、すぐに立ち上がって、

「あの――私、捜して来ます。彼がどこかにいると思うんで」

と、早口に言うと、止める間もなく通路を小走りに抜けて、車両から出て行ってしまった。

「――お父さん」

「うん、どうも、相手の彼氏が乗っているかどうか、怪しくなって来たな」

と、クロロックは言った。

もちろん、普通だったら、あの女性の駆け落ちの相手が、何百年もの命を生きて来た正統吸血族のクロロックだとは思うまい。

しかし、あの追いかけて来た二人は、あまり「ものをよく考える」タイプとは見えなかった。

フォン・クロロックと同行しているのは娘の神代エリカである。

大学生だが、〈クロロック商会〉の雇われ社長である父の「秘書代わり」として付き添

って来た。一日五千円のアルバイトである。

「まあ、他人の恋に口を出すのはよそう」

と言うと、クロロックは座席のリクライニングを倒して、目を閉じた。

「呑気《のんき》だな……」

と呟くと、エリカはちょっと肩をすくめて、結局自分もリクライニングを一杯に倒して、
眠ってしまったのだった……。

✤ 指令

「逃がしただと！」

かなりの広さのある〈社長室〉に、その怒鳴り声は響き渡った。

怒鳴られた二人の子分は、数メートルも後ずさりした。

「すみません！」

と、その場に土下座《どげざ》して、

「ぎりぎりで列車に飛び込んでしまったんで、どうしようも……」

「言いわけは聞きたくない！」

と、大河内肇《おおこうちはじめ》は、机をドンと叩いた。

その衝撃が床に伝わるほどの迫力だった。

「どうして走り出した列車に飛びついてでも追わなかった！」

「はあ……」

二人の子分は汗だくになっている。

そこへ、

「そんな無茶言っても、仕方ないじゃないの」

と、〈社長室〉へ入って来たのは、シャネルのスーツが全く似合っていない女だった。

「逃げた女を追いかけるなんて、みっともないわよ」

「大きなお世話だ」

と、大河内は仏頂面《ぶっちょうづら》で言った。

〈S組〉の組長、大河内肇は、表向き〈S商事株式会社〉の社長である。実際にも、商社としての仕事をしていた。

今どきのヤクザは、刺青《いれずみ》をしょって殴《なぐ》り込みなどしていては、やっていけない。

ちゃんとビジネスの世界で通用するような「表の顔」を持っていなければ、まず懐《ふところ》具合で潰れてしまう。

しかし——それでも、やはり裏へ回れば色々怖い世界ではあって……。

「それにしても」

と、大河内の妻、弓代《ゆみよ》はドッカとソファに腰をおろして、

「ゆかりも大胆《だいたん》な真似《まね》をしたもんだね」

と言った。

「ちっとも気付かなかった」

と、大河内は顔をしかめて、

「ゆかりの奴には、散々金を使ったんだ。あいつも感謝してると思ってたんだが」

「相手の男は誰なの？」

と、弓代が訊く。

「分かってりゃ苦労しない」

大河内に怒鳴られていた二人の子分が、顔を見合わせ、

「あの、社長——」

と言いかけたとき、〈社長室〉のドアが開いて、ヒョロリと長身の若者が入って来た。

「父さん、何の騒ぎ？」

「吉人《よしと》か。お前、この二、三日どこに行ってたんだ？」

「ちょっと旅行にね。もう二十八なんだよ。いちいち父さんにどこへ行くって報告しなくてもいいだろ」

「あんたのことを心配してるのよ」

と、母親の弓代が言った。

「何といったって、〈S組〉の組長を継ぐ身なんだからね」

〈S組〉とは頭文字《かしらもじ》ではない。もともと〈恵寿組《えすぐみ》〉という字を書いたのだが、大河内の前の組長が、〈恵寿〉という漢字が書けなかったので、

「他の組の手前、書けないとは言えない」

と、アルファベットの〈S〉にしてしまったのである。

「ゆかりが逃げちまったんだよ」

と、弓代は言った。

「逃げた？　へえ、やるじゃないか」

と、吉人が言った。

「あんた、ゆかりが誰と駆け落ちしたか、知らない？」

「駆け落ち？　命知らずだな。そんな奴がいたのか」

「あの……社長」

と、子分の一人が、

「実は列車が動き出したときに……見ました」

「何を見たって？」

「ゆかりさんが、しっかり腕を組んでる男を」

「何だと？」

大河内が椅子《いす》から腰を浮かして、

「もっと早く言え！」

「すみません……」

「どこのどいつだ？　知った顔か？」

「いいえ。全然、見たこともない……。変なマントをはおってました。結構な年令《とし》だと思います」

「若い奴じゃなかったのか？　――何てことだ」

大河内は、なまじ自分が六十五になるのでてっきりゆかりが若い男と逃げたとばかり思っていたのだ。

「よし、そいつを見付けて、ここへ連れて来い」

「はあ、でもどこへ行ったのか……」

「見付けろ！　何も外国まで行きやしないだろう」

「それが――相手の男は外国人でした」

しばし、〈社長室〉の空気は沈黙の中にあった。

「――外国人？」

と、弓代が唖然《あぜん》として、

「ゆかりがどうして外国人と……」

「外国人で、そんな変なマントをはおってる奴なら、目立つだろう。方々へ手を回して、見付けろ！」

大河内はすっかり怒りまくっていた。

「父さん。そんなに大騒ぎしてたら、みっともないぜ」

「そうよ」

と、弓代も肯《うなず》いて、

「〈S組〉の組長なんだから、どっしり構えてなさい」

大河内は何か言いたげだったが、口をつぐんだ。

弓代は、先代の組長の娘で、大河内は子分の一人だった。つまり、大河内は婿養子《むこようし》みたいな立場で、弓代に頭が上がらないのだ。

それでも、こういう世界育ちの弓代は、大河内が若い香山ゆかりを愛人にしておくのは黙認していた。組長ともなれば、女の一人や二人、囲っておくぐらいでなくては、というのだった。

「でもね」

と、弓代は続けて、

「ゆかりには、私たちの手からは逃げられないんだってことを思い知らせなきゃね」

「そうだろ？　だからその外国人を見付けて──」

「他の組の笑いものになるよ、大騒ぎしたら。ゆかりとその外国人を消せばいいじゃないの」

「そうか……。まあ、それは……」

大河内は子分たちに、

「早く二人を捜しに行け！　見付けたら、俺に知らせるんだ。いいな。ゆかりたちに気付かれないようにしろ」

「分かりました！」

二人の子分は〈社長室〉から飛び出して行き、お茶を出そうとしていた秘書とぶつかって、

「熱い！」

「火傷《やけど》した！　薬をくれ！」

と、悲鳴を上げた。

「ゆかりがいなくなったら、誰が代わりになるの？」

と、吉人がからかうように訊いた。

「これから考える」

「無理してこしらえなくたっていいわよ」

と、弓代が言った。

「ね、母さん」

「何よ」

「前から言ってるけど、シャネルは似合わないから、やめなよ」

「いいのよ！　似合わないことぐらい分かってるわ。ただ、高級品を着てるってことが大切なの」

——弓代と吉人が出て行くと、一人残った大河内は、少し迷ってからケータイを取り出した。

「——ああ、俺だ。田辺《たなべ》を呼べるか？　——ああ、あの田辺だ。仕事を頼みたい」

緊張した声で、大河内は言った。

「——分かった。こっちへ連絡するように言ってくれ。頼んだぞ」

大河内は通話を切ると、秘書にコーヒーを持って来いと言いつけた。

そして、立ち上がると、落ちつかない様子で部屋の中を歩き回った。

「ゆかり……。どこにいるんだ……」

と、呟《つぶや》いて、ため息をつく。

「お前を殺したくはないんだ。しかし、俺の面子《めんつ》ってものがある……」

ドアが開いて、

「コーヒーを」

「ああ、そこのテーブルに置いてくれ」

ソファにかけてカップを手に取ろうとすると、ケータイが鳴った。

「まさか、こんなにすぐに……」

と、手に取ると、太い声が、

「田辺です」

と、淡々とした口調で、

「やるのは誰ですか？」

と訊いた。

✤ 断崖

「いいの？　こんなことしてて」

と、エリカが言った。

「散歩してはいかんのか？」

と、クロロックが、少し紅葉しかけた木々を眺めながら言った。

「そうじゃなくて、こんな温泉に一泊なんて……」

「我々のせいではない。先方が約束の日取りを一日間違えとったのだ。どうせ一日むだにするなら、のんびり温泉に浸ってもよかろう」

温泉に入って、浴衣《ゆかた》で寛《くつろ》ぐ吸血鬼というのは珍しいだろう。

本来なら、この少し先の都会のホテルで、ビジネスの話をするはずだったが、クロロックの言った通り、先方が明日の夜に会うと勘違いしていた。

列車に乗っているとき、その連絡が入ったので、エリカとクロロックは少し手前の駅で降りて、この温泉に寄ることにしたのだ。

穏やかな午後で、手近な旅館に入った二人は、旅館近くの林の中の道を散策していた。

「水の音だね」

と、エリカが言った。

「その先が川なのかな」

道からそれて、木々の間を抜けると、崖《がけ》となって落ち込んで、そう高さはないが、下は大きな岩を急な流れがかむ渓流《けいりゅう》だった。

「――いいね、爽《さわ》やかだ」

と、エリカは言って深呼吸した。

「水は冷たそうだな」

と、クロロックは言った。

「せっかく温泉に来たんだから、夕ご飯の前に、一度お湯に浸っとこう」

と、エリカが伸びをした。

そして——。

「え？　——お父さん、あれ」

「何だ？」

エリカが指さしたのは、流れの対岸で、そっちはかなりの高さの崖になっている。そして、その崖の上に……。

「あの人……」

「うむ、例の駆け落ち女だな」

列車で会った若い女性。

「香山《かやま》ゆかりっていったね、確か。でも、名前なんかどうでもいいけど、あの人、もしかして飛び下りるつもりじゃない？」

十数メートルの崖の上で、どこか放心状態の様子。そして、崖っぷちから下を覗《のぞ》き込むようにして……。

「どうやら、飛び下りるつもりのようだな」

と、クロロックは肯《うなず》いて、

「してみると、駆け落ちの相手はやって来ていなかったのだろう」

「でも――危ない！　やめなさい！」

と、エリカは精一杯叫んだが、全く耳に入らない様子。

水の流れの音にかき消されて、聞こえないのかもしれない。

「あ！」

と、エリカが声を上げたとき、香山ゆかりの体は崖から真逆様《まさかさま》に落下した。

水しぶきが上がる。そして、クロロックは、

「エリカ。こっちへ流れて来るから、引っ張り上げてやれ」

と言った。

「え？」

本当に、数秒後にはゆかりが流されて来たのだ。

エリカはあわてて流れの方へ下りて行くと、岩に引っかかっていたゆかりを、水から引っ張り上げた。

「お父さん、手伝ってよ！」

「お前の力で充分だろう。水を飲んでるか？」

クロロックは、気を失っているゆかりの胸に耳を当てて、

「大丈夫。気絶しただけだ」

「でも、よく下の岩にぶつからなかったね」

と言ってから、

「ああ！　お父さんが落ちるコースをずらしたのね？」

クロロックが力を送って、下の岩へ激突するところを、水の深い方へと導いたのだ。

「しかし、困ったたな。ここへ放っとくわけにいかんし……」

「お父さんが助けたんだから、責任取らなきゃ」

「だが、こんな若い女を助けたとあっては、涼子《りょうこ》が……」

若い妻の涼子は猛烈なやきもちやき。クロロックとしては何より恐ろしい存在なのである。

「では、エリカ、お前が救ったことにしよう。話を合わせろよ」

「いいけど、旅館まではお父さんが抱えて行ってよ」

と、エリカは言った。

が、そのとき、ゆかりが二、三度咳《せき》をして、目を開くと、

「あの……ここ、天国ですか?」

と訊いた。


「もう少しで乾きますって、旅館の人が」

と、エリカが言うと、

「すみません……」

浴衣を着た香山ゆかりが恐縮して頭を下げた。

「何も持ってなかったものね」

「バッグを、駅のホームで逃げるときに落っことしちゃったんです」

と、ゆかりは言った。

「ケータイもあの中だったんで、彼と連絡も取れず……」

「あの列車には乗ってなかったのね？」

「ええ。ずっと歩いて捜したんですけど……。あの子分たちがいたんで、乗れなかったんでしょう」

旅館のロビーで、三人はソファにかけていたが、クロロックが言った。

「しかし、列車はつながっとるのだ。どこからでも乗ってしまって、後で車両を移ればいいことだろう」

「お父さん――」

「事実を見つめなくてはいかん。――その彼氏は、初めからホームに来ていなかったのではないか？」

ゆかりは目を伏せた。エリカは、

「お父さん、何か事情があったのかもしれないよ」

と、取りなすように言った。

「いいえ」

と、ゆかりが目を上げて、

「私も……たぶんそうだったのだろうと思っていました」

と言った。

「ゆかりさん……」

「あの人にとっては、私と駆け落ちするって、大変なことなんです。命にかかわることで……」

「あんただってそうではないのかな?」

「ええ。あの子分たちが私を見付けたら、私はきっと殺されます。あの——そのことで、あなた方にご迷惑が……」

「ああ、我々のことは心配せんでいい」

と、クロロックは言って、

「その彼氏が誰なのか、大河内《おおこうち》というボスと子分たちは知らんのだな」

「はい、そうです」

「まさか、この年寄りの外国人を相手とは思わんだろうが……。その当人は何という男なのかな?」

ゆかりが少しためらってから言った。

「大河内吉人《よしと》。――大河内の息子です」


「マントをはおった外国人だって？」

大河内吉人は、昼間からホテルのバーで酒を飲んでいた。

「ゆかりの奴！　いつの間に、そんな男と付き合ってたんだ！」

子分たちの話を聞いて、吉人はショックを受けた。

自分は、ゆかりとの約束をすっぽかしておいて、勝手なものだが。いや、もともと、吉人はゆかりのことを本気で好きだったわけではない。

しかし、ゆかりが父親の手で「女」になっていく様子を見て、ちょっと手を出してみたくなったのである。

ゆかりが大河内の愛人でいることに苦しんでいるのを知っていたので、吉人は彼女に同情するふりをして近付いた。

ゆかりは吉人が自分を救ってくれる、と思い込んで、飛びついて来た。

そこは吉人の計算通りだったのだが、ゆかりが本気になり過ぎた。吉人としては、遊びのつもりが、ゆかりの方から、

「一緒に逃げて！」

と、すがって来たのだ。

こうなると吉人も困ってしまった。ゆかりと関係を持ったことが父にばれたら、それこそどうなるか分からない。

しかし、いずれ父も二人の仲に気付くだろう。吉人は心を決めた。

「駆け落ちしよう」

と、ゆかりに持ちかけ、その計画を父の耳に入るように洩《も》らした。

もちろん、相手が自分だということは秘密である。

当然、父は激怒する。そして待ち合わせた駅に人をやって、ゆかりを殺させるだろう。

それで、二人の仲は秘密のままだ。

ところが、子分たちがゆかりを取り逃した。そして、「他の男」が一緒だった、と……。

そうなると、吉人も内心、穏やかではない。

「俺の他に男がいたのか？」

それに、ゆかりが生きていては、吉人との仲が父親にばれる心配がある。

といって……。吉人は自分で女を殺すことなどできない。

そんな度胸はない。

まあ、いずれ、その妙な外国人を、大河内の手の者たちが見付けるだろう。そして、ゆかりと、その外国人を殺す。

「――何よ、昼間から」

いきなり声をかけて来たのは、母の弓代《ゆみよ》だった。

「母さん、どうしてここに……」

「あんたがいる所ぐらい、見当がつくよ」

と、弓代は向かいの席に座って、

「誰のことを考えてたの？」

「誰って……別に」

「分かってるよ。ゆかりだろ」

　吉人が目を大きく見開いた。

「息子が誰と付き合ってるかぐらい、母親なら知ってるわよ」

「それじゃ……まさか父さんも……」

「あの人は知らないわ。知ってたら、今ごろあんたは川の底だね」

「まさか」

　と、吉人はひきつったような笑いを浮かべて、

「自分の息子を殺したりしないだろ」

「分かってないのね。あの人はね、ゆかりに夢中なのよ。はた目には分からないだろうけど、私には分かる」

「へえ。でも、ゆかりを黙って放っとかないだろ」

「そう。面子《めんつ》もあるし、殺すしかないだろうね。でも、そうすると、かなり参ると思うよ。

――チャンスだわ」

「チャンス?」

「あんたには、ね。〈S組〉の組長として、トップに立てるんだよ」

母親の思いがけない言葉に、吉人は仰天《ぎょうてん》してアングリと口を開けたままだった……。

✠ 動体視力

動体視力。――速い速度で動いているものを、一瞬で見分ける力のことだ。

スポーツ選手などが特に高い能力を持っていると言われている。

しかし、どんなスポーツ選手もかなわない動体視力の持ち主。それは、「やきもちやきの妻」である。

こと、夫が他の女と一緒にいる姿を見分ける力は、ほとんど神業《かみわざ》だった。

クロロックの若き妻、涼子《りょうこ》は中でも特に鋭い感覚を持ち合わせていた……。

「はい、アーンして」

と、涼子は愛する我が子、虎ノ介《とらのすけ》にご飯を食べさせていた。

「あの人は今ごろ何してるかしらね……。出張中だからって、羽根を伸ばして遊んでる、なんてことはないわよね……」

「ワアワア」

「はいはい。よく食べるわね、虎ちゃんは。早く大きくなって、二枚目になるのよ。きっと女の子を大勢泣かせるでしょうね。いけない子ね！」

「フニャ」

　虎ちゃんとしては、どうしてママが文句を言っているか分からないのである。当然のことだが。

「あの人には、エリカさんがついてるわ。ちゃんと、あの人が他の女に目を移さないように見張っててくれるはずだわ」

　と、涼子は呟《つぶや》いて、

「でも……エリカさんだって、もう年ごろだわ。もしかしたら、旅先ですてきな男の子と出会ってるかもしれない。そしたら、あの人を見張ってる暇なんかないわね。――何のためについて行ったのよ！」

　勝手に想像して怒っている。

「本当に頼みがいのない人だわ！　そうね、エリカさんはやっぱり私にお父さんを盗《と》られたと思って、嫉妬《しっと》してるんだわ。私があまりに若くて美しいせいだわ……」

エリカより、確かに一つ年下ではあるが……。

そのとき、虎ちゃんにご飯を食べさせながら、涼子の目は、つけっ放しになっているTVに向いていた。

ニュースの時間、画面は、観光客でにぎわう駅のホームを写し出していた。

「大勢の人が旅行に出かけていました……」

と、女性アナウンサーのナレーションで、画面にはホームから出発して行く列車が写っている。

そして、カメラの前を、一両の客車が通り過ぎた。

「え？」

涼子の鋭い目は、ほんの一瞬、○・何秒か画面に写った、クロロックと、しっかり腕を組んだ若い女の姿を見分けていたのである。

「――今のは、あの人だわ！」

もちろん、ＴＶの方は、わざわざ再放送してくれないので、普通なら、

「他人の空似かしら」

くらいですむところだが、涼子は自分の視力に絶対の自信を持っていた。

「あの人ったら、やっぱり！　許さないわ！」

「ワア」

虎ちゃんが声を上げるのも放っておいて、涼子はケータイを手に取ると、エリカへかけた。

「あ、エリカさん？　そっちはどう？　――え？　温泉？」

「ええ、一日余っちゃったの。向こうが約束の日を間違えてて」

と、エリカは言った。

「そう。じゃ、一日のんびりできたのね？　良かったわ。何という所に泊まってるの？」

涼子はさりげなく、温泉地と旅館の名前を訊き出すと、

「――ううん、別に用はないの。あの人によろしく言っといて。温泉好きだからね」

と笑って、

「じゃあ、気を付けて……」

切るなり、表情は一変し、

「虎ちゃん！　出かけるわよ！」

と、鋭い声が飛んだ。


「マント」

という言葉は、そう普通の会話に出てくることはない。

クロロックの耳は、駅前商店街のにぎわいの中で、その言葉を聞き取っていた。

「お父さん」

と、エリカがやって来ると、

「待て。通りの向こうを見ろ」

「え？」

「見憶えのある顔が見えないか？」

エリカは向こう側の店先で、店員に話しかけている二人の男たちを見ると、

「あ、あのとき、ホームを駆けてた二人組」

「やはりそうか」

「お父さんを捜しに来たんじゃない？　マントがどうとか……」

「このマントは目立つからな」

　と、クロロックはわざわざ広げて見せて、

「何といっても、一族のトレードマーク。デパートの高級紳士服売り場で特別に作らせたものだ」

「見付かるよ」

「いずれ見付ける。――向こうがどう出てくるかだ」

　クロロックは全《まつた》く姿を隠してもいなかったのだが……。

「――この辺にゃ現れてないな」

「うん。よそを当たろう」

　と、二人が立ち去りかけたとき、今まで話を聞かれていた、土産物屋《みやげものや》の店員が、

「お客さん、あの人じゃないのかね？」

と言った。

「何だ?」

「ほら、道の向こう側を歩いてる……」

「馬鹿言え。そう都合よく見付かるもんか」

と笑う。

「でも……ほれ、今、店先で立ち止まった」

「どこだ?」

指さしてくれた方へ目をやって、

「おい、お前見えるか?」

「メガネかけねえと……」

やがて、二人は、クロロックがしばらく足を止めていたおかげで、

「あいつだ!」

と、やっと気付いた。

「だから言っただろ」

と、店のおばさんは自慢げに、

「見付けてやったんだ、お土産、十個買って行きな」

二人は仕方なく両手にお土産の紙袋をさげて尾行するはめになった……。


「──で、どうしましょう、社長？」

〈社長室〉での話し合いは、一時間以上続いていて、社長──組長の大河内肇《おおこうちはじめ》は、退屈していた。

裏の稼業《かぎょう》の話ならともかく、普通のビジネスなど、まるで関心が持てない。

しかし、社長として判断を求められたら、答えないわけにいかない。

「そうだな……」

多少は社長らしく、考えるふりをしてから、

「まあ、俺としては他の考えがあるが、お前の言うことにも一理ある。そこは、お前の言う通りにやってみろ」

「分かりました！　必ず利益を上げてごらんに入れます！」

ビジネス面でよく働いている若手は、張り切って言った。

「よし。じゃ、今日はそういうことで……」

実際には、ほとんど聞いていないので、大河内は、今何が決まったのかもよく分かっていないのである。

一人になって、デスクに座ると、ケータイが鳴った。ゆかりを捜しに行った二人からである。

「ああ、どうした？　──何？　マントの外国人を見付けた？」

大河内はメモ用紙とボールペンを手に取った。

「うん。──N温泉の〈山渡荘《やまわたりそう》〉だな？　分かった。──で、ゆかりも一緒にいたのか？──確かめてない、だと？　馬鹿め！　ちゃんと確認してから連絡して来い！」

メモ用紙に旅館名を書きとめて、大河内はそのメモを折りたたんでポケットへ入れ、秘書に、

「車を用意しろ。今すぐだ」

と言いつけた。

立ち上がって、〈社長室〉を出ようとすると、ドアが開いて、弓代《ゆみよ》が入って来た。

「あら、出かけるの？」

と、弓代が訊いた。

「そうなんだ。急な集まりがあってな。仕方ないんだ」

「いいわよ、吉人《よしと》と二人で夕ご飯を食べるから」

「ああ、そうしてくれ。じゃ、急ぐんで」

と、大河内が出て行く。

弓代はちょっと考えていたが……。

夫のデスクの上を見渡して、

「何だか怪しかったわね……」

と呟《つぶや》く。

そして、メモ用紙を手に取ると、じっと見つめて、それから引き出しを開けて、鉛筆を取り出し、一番上のメモ用紙に、斜めにしてこすりつけた。

大河内のメモのすぐ下の一枚に、ボールペンの跡が残っていた。

「――ふーん、温泉ね」

と呟くと、

「たまには温泉もいいわね」

と、肯《うなず》いた。

そして、ケータイを取り出すと、かつて父親の古顔の子分だった男へかけた。

「――ああ、弓代よ。――ええ、ありがとう。元気よ。――ところで、耳に入ってるでしょ、大河内の彼女のこと。――そうなのよ。それで、ゆかりを殺す仕事は誰が？　――ああ、田辺《たなべ》ね。じゃ、田辺に連絡してやって。ゆかりの居場所が分かったって」

✠ 確認

「ありゃひどいな」

と、クロロックも思わず言った。

「ねえ、ちょっとあれはないよね」

と、エリカも肯いて、

「ふき出すのをこらえるの、大変だったよ。初め見たとき」

温泉旅館とはいえ、最近は若者中心で、部屋で畳《たたみ》に座って食事するより、ホテル風にダイニングルームのテーブル席で食べることの方が多い。

クロロックたちも、そっちを選んで、ダイニングのテーブルに、香山《かやま》ゆかりも一緒に、三人で夕食をとることにした。

それで、ダイニングルームに入ってみると……。

「どうぞこちらのお席で」

と、奥の方のテーブルに案内されたのだが、ダイニングルームのほぼ反対側の壁近くの席に、あの二人組が席をとっていたのである。

しかし——当然ゆかりは二人のことをよく知っているわけで……。

「クロロックさん、あそこの変な二人組……」

と、ゆかりがそっと言った。

「分かっとる。向こうはこっちが気付いとらんと思っとるのだ。放っておけ」

「でも……私がここにいることは……」

「いずれ知れるさ。しかし、あの二人は、あんたを見張っているだけらしいな」

「ええ。でも……ひどいですね」

ゆかりも同感だったのは、その二人が、ゆかりに見られてもいいように、本人たちなりに苦労していたからだった。

どこで手に入れたのか、一人は黒い長髪の、もう一人は金髪のカツラをつけていた。しかしこれがもう――似合う似合わないのレベルでなく、TVのバラエティ番組にそのまま出ても笑いが取れそうだった。

ダイニングの他の客たちも、チラチラ見て笑いをこらえている。

当の二人はそんな状況がまるで分かっていなくて、

「――あれだ」

「うん、あれだ」

と、二人して肯き合った。

〈香山ゆかりを発見しました！〉

〈マントの外国人と一緒に夕食をとっています〉

と、メールを大河内《おおこうち》に送った。

「ご注文は……」

と、ウエイトレスがやって来たが、

「ちょっと待ってくれ」

と言うと、もう一度、大河内へメールを送った。

〈女を見張るために、食事をしていいでしょうか?〉

少しして返信が来た。

〈許可する。見失うな〉

〈一食いくらまでいいでしょうか?〉

〈勝手に考えろ!〉

およそ空《むな》しいメールが行き交って、

「では、コースのAを二人」

と、やっとオーダーした。

クロロックたちは、そんな二人の様子を見ながら、楽しんで食事していたが――。

「あら、何て偶然かしら!」

と、甲高《かんだか》い声がして、

「虎《とら》ちゃん!　パパがこんな所にいたわよ!」

やって来たのは、涼子《りょうこ》だった。

さすがにクロロックとエリカも唖然《あぜん》として、しばし目を丸くしているばかりだったが、

そこは何百年も生きて来たクロロック、サッと立ち上がると、

「こんな所で会えるとは！　我々の夫婦の絆《きずな》の強さの証《あかし》だな！」

と言って、涼子の手の甲に唇をつけた。

もちろん、エリカの方もこの事態を放っておけないと気付いていた。

「ちょうどこれから夕飯なんだよ。お母さんと虎ちゃんの席をお父さんの隣に作ってもらうね」

と、ホテルのマネージャーを呼んで、すぐに席を増やしてもらった。

「お母さん、こちらは香山ゆかりさん。ふしぎな縁でご一緒してるの」

と、エリカは言った。

ゆかりは、クロロックの妻の若さに面食らっていたが、

「奥様でいらっしゃいますか。私、こちらのエリカさんに命を救われまして。お二人のおかげで、こうして生きていられるのです」

ゆかりの丁重な態度に、涼子はやや気を良くした様子で、

「まあ、そうですか。――夫とは、深く愛し合い、信頼し合っておりますの。たとえ夫が

旅先で見知らぬ女性と食事していたとしても、そんなことで私ども夫婦の間は少しも変わりませんわ」

相当に嫌みな言い方だが、何と言っても、クロロックに惚《ほ》れているからこそのやきもちである。

かくて、同じテーブルで涼子たちも食事することになり、かつ、エリカは気をきかして、もう一部屋余分に取ってもらうことにした。

——この出来事は、カツラの二人によってせっせとメールで大河内に「実況中継」されていた……。


「父さんがこの旅館に?」

と、吉人《よしと》が言った。

「そうよ。間違いないわ」

と、弓代《ゆみよ》が肯いて、

「ゆかりを捜しに来てる。そして、田辺《たなべ》もやってくる」

母と息子は、〈山渡荘《やまわたりそう》〉の前で車を降りた。

車を運転して来たのは、先代のボス、つまり弓代の父親の運転手をつとめていた子分で、弓代は若いころから出かけるときはハンドルを任せていた。

「でも――ゆかりと出会ったら、父さんにばれちゃうぜ」

と、吉人は怖がっている。

「大丈夫。そうバッタリ出会うもんですか」

弓代は平然と旅館の中へと入って行った。

――田辺か。

吉人も、殺しのプロという田辺の名は知っていたが、顔は見たことがない。

そこへ、

「奥様」

と、車の運転手が玄関から入って来て、

「お車はどこでお待ちしましょうか」

もう白髪になった、七十代も後半の子分である。

「ああ、そうね。ちょっと待って」

弓代はフロントの係へ、

「大河内ですがね」

と言った。

「は……」

「息子と二人、一番いい部屋を、と頼んであるわ」

本当は予約などしていないのだ。しかし弓代は堂々と、

「部屋を見て気に入らなかったら、ただじゃすまないわよ」

「あの……大河内様……でいらっしゃいますか?」

フロントの男が困っている。当然だろう、パソコンを見ても、そんな予約は入っていないのだから。

「あの……どうも何か行き違いがございましたようで……」

と、フロントの男が言いかけると、弓代はガラッと声を変えて、

「天下に名の知れた〈S組〉の組長の女房だよ。予約を忘れてたなんて言ったら、この旅

館は三日以内に火事で全焼するから、憶えときな」

と言った。

「はい！　予約、ございました！　申し訳ございません！　メガネが合わなくなっておりまして、よく見えなかったもので……」

「そいつはいけないわね」

「申し訳ございません！　ただいまご案内いたします！」

「これで、新しいメガネを買いな」

弓代は十万円ほどの現金をカウンターに置いた。

そして、弓代は運転手の方へ、

「泊まることになったからね」

と言った。

「かしこまりました。何かご用のときは、いつでもお電話下さい」

と、一礼して、運転手は出て行った。

「――温泉か」

と、吉人が伸びをして、

「ひと風呂浴びてくるかな」

「呑気《のんき》なこと言ってんじゃないよ」

と、弓代はちょっとにらんだが、

「まあ、何か起こるにしても夜中だろ。私も温泉に入っとこうかね」

部屋へ案内するフロントの男へ、

「食事は二十分したら部屋へ届けて。二人分だよ」

「かしこまりました！」

ダイニングの前を通り過ぎた二人を、そっと見送っていたのは、ゆかりだった……。

✠ 夜行性

トイレに立っていたゆかりが、呆然《ぼうぜん》とした様子で、食事の席に戻って来た。

「どうかした？」

と、エリカが訊くと、

「彼が……」

「え？」

「彼が来てる……」

「あの、大河内吉人《おおこうちよしと》って人が？　じゃ、あなたを追って？」

「いいえ、そういう風じゃありませんでした」

「というと？」

「母親が一緒でした」

と、ゆかりは言って、ため息をつき、

「伸びをして、『ひと風呂浴びてくるか』って言ってました」

「それって……どう考えても、あなたと駆け落ちしようって気はなさそうね」

「でも、あの母親と、何しに来たんでしょう?」

「お父さん、聞いた?」

と、エリカが言うと、

「分かっとる」

と、クロロックは肯《うなず》いて、

「しかし、今の私は可愛《かわい》い妻のために尽くさなくてはならん。後のことは、お前がうまくやってくれ。頼むぞ」

「え? ――ええ?」

冗談じゃない!

これから何が起こるかも分からないのに、全部エリカに任せるとは……。

要するに、涼子《りょうこ》の相手をしないと、後が怖いのである。

「まあ、虎《とら》ちゃんがおねむだわ」

と、涼子が言って、

「あなた。私たちは先にやすませてもらいましょうよ」

「うん、そうだな」

クロロックは素直に立ち上がって、

「では、お先に」

と、虎ちゃんを抱っこした涼子と二人、ダイニングを出て行ってしまった。

残されたエリカとゆかりは、

「――デザート、ちゃんと食べましょうね」

「そうですね」

と、互いに肯《うなず》き合った……。

「でも、吉人さんのお母さんが一緒って、どういうことですかね？」

「私にもさっぱり……」

そのとき、エリカはあのカツラの二人組がケータイに出て、あわてて席を立つのを見た。

ほとんど駆けるようにしてダイニングから出て行く二人を見て、

「誰かに呼ばれたみたい」

と、エリカは言った。

「あのあわて方は、大河内か奥さんかからかかって来たんでしょう」

「ゆかりさん、私、隣の部屋にいますから、何かあったら、いつでも呼んで下さいね」

と、エリカは言って、一緒に自分の部屋へと戻って行った。


やはり、不安は消えない。

ゆかりは、夜中に目がさめた。——時計を見ると、午前二時を過ぎている。

「怖かった……」

大河内の子分たちに追い回されて、必死で逃げている夢を見たせいか、汗をかいていた。

どうしよう……。

温泉には、二十四時間、いつでも入れると書いてあった。でも、吉人や弓代《ゆみよ》も泊まっているのだから……。

だけど、あの親子が夜中に起き出すとは思えなかった。

そう。サッと入って、すぐに出よう。

浴衣《ゆかた》姿で、タオルを手に、ゆかりは部屋を出た。

大浴場の〈女湯〉の方へ入ると、誰もいない。ホッとして、ザッとお湯をかぶり、熱い湯に浸った。

何だか……自分が命がけで駆け落ちしようとしていたことが、信じられないような気がする。

大河内の下から逃げられなかった自分。でも、その気になれば……。

大河内との日々で、ゆかりは自分が「汚れた」と思っていた。吉人との付き合いも、考えてみれば似たようなものだ。

あんな人たちに、私の人生を台なしにされてたまるもんか！

私は、自分の生きたいように生きるんだ！

むろん、そう簡単に割り切れはしないけれど、少なくともそう生きるように努力しようと思った。

この温泉のお湯の中に、自分の過去が溶けて流れ出していくような気がした。

戸がガラッと開いて、ゆかりはギクリとしたが——。

「あら、あなただったのね」

入って来たのは、クロロックの若い妻だった。

「どうも……」

「温泉って、夜中にこうして入るのが楽しいのよね」

と、涼子は一緒にお湯に浸ると、

「駆け落ちしたんですって？　凄《すご》いわね」

「いえ……。すっぽかされて、こっちが馬鹿みたいです」

「そんなことないわ。好きな人を信じるのは当たり前でしょ。馬鹿なのはすっぽかした方よ」

と、涼子は言った。

「そうでしょうか……」

「私なんか、あんなとんでもない人と結婚しちゃったのよ。常識じゃ考えられないでしょ？　吸血鬼と結婚するなんて」

「は……」

ゆかりは面食らって、

「吸血鬼ですか……。確かにそんなスタイルしてらっしゃいますけど……」

「信じないわよね、本物だなんて。いいの、それが普通よ」

「はあ」

「要は、愛した人を信じられれば、それでいいってこと」

「そうですね……。私、まだそんな相手に出会わないんです」

「あら、そう。でも焦ることないわ。あなたが男だったら、うちのエリカさんでもさし上げるんだけど。女とは結婚したくない？」

「あの……」

「ま、好き好きだものね。――ああ、ザッと汗を流せばもういいわ」

涼子が先に上がって、

「じゃ、ごゆっくり」

「はい。いえ、私も、もう出ます」

と、ゆかりもお湯から出て言った。

そして、涼子が先に戸をガラッと開けて脱衣所に出て行くと――。

男がそこに立っていた。

一、二秒の沈黙の後、涼子の、

「キャーッ！」

という叫び声が、猛烈な勢いで飛び出した。

「落ちついてくれ！」

と、男はあわてて言った。

「もしかして、ここに――」

びっくりして出て来たゆかりは、

「大河内さん！」

と、愕然《がくぜん》とした。

「ゆかり！　ここにいたのか！」

「あの――こんな所に来られても……」

「分かった！　後ろを向いてるから、何か着てくれ！」

大河内は二人の方へ背を向けた。

急いで浴衣姿になると、

「大河内さん、私を殺しに来たんですか？」

と、ゆかりは言った。

「この方は関係ないんです。殺すなら私だけにして下さいね」

「ゆかり……」

大河内は振り返って、

「お前がどうしても俺の女でいるのがいやだというなら、それでもいい。だが――俺はお前に惚《ほ》れてるんだ」

「馬鹿なこと言わないで下さい」

「いや、本当だ。お前がいなくなって、俺は初めてそのことに気付いた」

「それなら、私を自由にして下さい！　少しでも私を大事に思ってくれるのなら」

「今はそうしてもいいと思ってる。しかし、お前を殺せという指令を出してしまった」

「取り消しゃいいじゃない」

と言ったのは涼子だった。

「あんた、偉いんでしょ？　自分で出した指令なら、自分で取り消せるでしょ」

「何だ、君は？」

「ミセス・フォン・クロロックです」

「外国人？　では、ゆかりが駆け落ちした相手の知り合いか？」

「それは勘違いです！」

と、ゆかりがあわてて言った。

「涼子さんのご主人は、私の命を救ってくれて……」

「ともかく、俺は指示した。お前と駆け落ちの相手を殺せ、と」

と、大河内は言って、首を振った。

「もう止められん。田辺《たなべ》がお前を狙っているんだ」

「田辺……」

「組織一の殺し屋だ。連絡を取りたくても、取れない」

「じゃ、殺しに来たところを止めれば？」

と、涼子が言ったとき、

「涼子！」

と、飛び込んで来たのは、クロロックだった。

「あなた！」

さすがにクロロックは浴衣ではなく、パジャマを着ていて、

「無事か！　良かった」

と、涼子をしっかり抱きしめた。

「あなた、よく分かったわね」

「お前の叫び声が聞こえた」

いかに吸血族の聴力が特別だといっても、そこはやはりクロロックの愛情のなせるわざだろう。

「――ゆかり、この人か?」

と、大河内がびっくりして見ていたが、

「マントは着とらんのだな」

「いくら何でも、寝るときまではな」

と、クロロックは言って、

「あんたの話は聞こえた。その田辺という男は、ゆかりさんだけでなく、私のことも狙っているわけだな?」

と、大河内に訊いた。

「そうだ」

「すみません! 私のせいで」

と、ゆかりが言った。

「田辺というのは、どんな男だ?」

と、クロロックが訊いたが、

「分からん」

と、大河内が首を振った。

「——分からん、とは？」

「顔を見たことはないのだ。殺しの仕事があると連絡はするが、会ったことはない」

「妙な話だの」

「もっと妙な話があるよ」

という声がして、エリカが入って来た。

「エリカさん、よくここが——」

「ゆかりさんが部屋を出るのが気配で分かったんで」

「あんたたちは忍者か？」

と、大河内が目を丸くしている。

「廊下《ろうか》に二人、寝てる」

と、エリカが言った。

「寝てる？」

廊下に出ると、大河内は、そこに浴衣姿で倒れている二人を見て、

「弓代！　吉人じゃないか！」

「気を失ってるだけです」

と、エリカが安心させるように言って、

「二人でその辺に来て、『まだやらないのかな?』『どうせならうちの亭主も一緒にやっちまってくれてもいいのにね』って話してたよ」

と、付け加えた。

「何だと?」

大河内が唖然《あぜん》としていると、二人が「ウーン」と唸《うな》って、目を開けた。

「——あら、あなた。どうしてここに?」

と、弓代が大河内を見て、

「吉人と二人でいたら、いきなり背後から……」

と、頭をさすっている。

「いてて……。お袋、石頭だな」

と、吉人も顔をしかめて起き上がる。

「ちょっと、お二人の頭同士を出くわしてあげたの」

と、エリカは言った。

「吉人さん……」

と、ゆかりが言った。

「私が駆け落ちするはずだったのは、吉人さんです」

「何だって？」

大河内が呆然《ぼうぜん》と立ち尽くしていると、突然吉人が、

「ウッ！」

と呻《うめ》いて、腹を押さえて倒れてしまった。

「撃たれたぞ！」

と、クロロックが言った。

「隠れろ！」

クロロックが手で宙を払うと、廊下の明かりが一度に砕《くだ》けて消え、真っ暗になった。

「吉人！　どうしてこんな……」

弓代が息子を抱き起こす。

「ゆかりさんと、『駆け落ちの相手』を殺せと命じたんだろう」

と、クロロックが言った。

「田辺という男は、命令を守ったのだ」

「そんな……」

「待て」

クロロックが、吉人の傷口に手を当てて、熱で血を固まらせた。

「すぐ病院へ運ぶのだ。——田辺を知っているのか？」

「私も会ったことはないわ」

と、弓代が首を振った。

「やめろ！」

と、大河内が両手を広げて、

「もういい！　殺しの指令は取り消しだ！」

と叫んだ。

廊下の奥で、銃の発射する火が見えて、大河内が肩を押さえてうずくまった。

「――一度聞いた命令は取り消せません」

と、声がした。

「あの声――」

弓代が息を呑《の》んで、

「まさか！」

クロロックが、廊下に敷かれたカーペットに手を当てると、

「エリカ、手を貸せ」

「うん。じゃ、一、二の――三！」

カーペットを二人で引っ張った。

「ワッ！」

その誰かが引っくり返った。

クロロックが駆けて行くと、もう一度銃声がして――静かになった。

そして、クロロックは男を肩にかついで戻って来ると、

「自分で心臓を撃ち抜いた。捕まらないと決めていたのだろうな」

ドサッと床に落としたのは——弓代の車の運転手だった。

「この人が田辺……」

と、弓代が愕然として、

「そういえば、私、この人の名前を聞いたことがなかったわ……」

「旅館の車で病院へ運んでもらえ」

「ええ。——誰か！　お願い！」

と、弓代が駆け出して行った。

「ゆかり……」

と、大河内が言った。

「どこへでも、好きな所へ行け。——今まですまなかった」

「ええ。——お元気で」

と、ゆかりは言って、

「クロロックさん、ありがとうございました。私、一からやり直します」

「なに、人生には色々なことがある。」

と、クロロックは肯《うなず》いて、

「今度駆け落ちするときは、相手をよく選ぶことだな」

合唱組曲・吸血鬼のうた

✠ 呪いと祈り

素朴《そぼく》な石造りの教会の空間に、人々の歌声が響いた。

それは神を讃《たた》える讃美歌《さんびか》だった。やさしい歌が、凍りつくほど寒いヨーロッパの冬の中で教会の中を満たして行った。

十五世紀、中部ヨーロッパのトランシルヴァニア地方。山奥の深い森に囲まれた小さな村の村人たちは、この真夜中、一人残らずこの教会に集まっていた。

一曲歌い終わると、村人たちは顔を見合わせた。隠しようもなく、不安がみんなの顔に浮かんでいる。

「――どうだろう」

と、村の男が言った。

「大丈夫！　きっと神父様はあいつをやっつけて下さるわ」

と、女たちの一人が、乳飲《ちの》み子《ご》を抱いて言った。

赤ん坊から年寄りまで、一人残らず教会奥の祭壇《さいだん》の前に身を寄せ合って、待っていた。

教会の外は吹雪《ふぶき》だった。風が唸《うな》りを立てて周囲を巡っている。

「ああ、ヨハン……」

恋人同士の二人は教会の隅で手を取り合っていた。

「マーラ、怖がることはないよ。僕がついてる！」

と、ヨハンという若者は娘を固く抱き寄せた。

「マーラ」

と、太った女が言った。

「お母さん、私はヨハンと――」

「分かってるよ。この災《わざわ》いを逃れられたら、お前たちは夫婦におなり」

「お母さん、ありがとう！」

「あんたのような貧乏人は気に入らなかったがね」

と、母親はヨハンへ言った。

「今はそんなこと言ってるときじゃない。お互い生き延びなくちゃね」

「僕はマーラを守ります！」

と、ヨハンは力をこめて言った。

「気持ちはあっても、相手がね……。人間じゃないんだ。勝てるものなら……」

「でも神父様が――」

とマーラが言ったとき、教会の扉が激しい勢いで開き、雪と凍りつくような風が吹き込んで来た。

そして、神父がよろけながら入って来ると、村人たちは悲鳴を上げた。

薪《たきぎ》の燃える明かりに、胸を無残に切り裂かれ、血にまみれた神父の姿が浮かんだのだ。

「扉を閉めろ！」

神父は最後の力を振り絞《しぼ》って、ヨロヨロと祭壇《さいだん》へと進んで行ったが、

「――勝てない！」

と、かすれた声で言った。

「神の力だけでは、とても……」

「じゃ、俺たちはどうすれば？」

と、村人たちが青ざめる。

「呼び出せ」

と、神父は膝をついて、

「他に手がない！　彼らを呼び出して、戦わせるのだ」

と言うと、ドッと血を吐いて、突っ伏した。

「――亡くなった」

と、神父のそばに膝をついた村長が言った。

「どうしよう？」

「じきにやって来るぞ！」

「しっ！　黙れ！」

と、一人が緊迫した声を出すと、教会の中は静まり返った。

やがて教会の外に重苦しい足音が響いて来た。一歩ごとに教会が揺れる。人間ではなかった。それも一つ二つではない。

「――どうしましょう！」

赤ん坊を抱いた女が言った。

「歌おう」

と、村長が言った。

「他に手がない。――ヨハン、オルガンを弾いてくれ」

「はい……」

ヨハンはマーラの手を引いて、教会の古いオルガンへ駆け寄ると、力強い和音を弾いた。

「さあ、みんなで歌うぞ！　手遅れになる前に！」

村長が手を振り回して、それはとても指揮と呼べるものではなかったが、村人たちは必死の思いで〈怒りの日〉の旋律で歌った。

「よみがえれ！　今、この世へ立ち戻れ！　ノスフェラチュよ！　我らの前に姿を現せ！」

教会の石の床が震えた。

巨大な足音が近付いて来る。――それは教会のすぐ外へ来ていた。

村人たちは必死で声を張り上げた。

「ノスフェラチュよ、よみがえれ！　今、永遠の命を得て、現れよ！」

教会の床石が盛り上がって来た。何か大きな力が解き放たれようとしていた。

「よみがえれ！」

そのとき、教会の扉が突き破られた。

そして、地中から――地の底から現れたものがある。

教会の中は人々の悲鳴と、人間でないものの咆哮《ほうこう》で溢《あふ》れた。

吹き込む風に、火が吹き消されて、闇が教会を包んだ。

そして……。

合唱の響きが静かに絶え入るように消えて、ホールに静寂が戻った。

指揮をしていたスーツ姿の女性が両手を下ろして息をつくと、客席から拍手が湧き起こった。

女声合唱グループの中で、神代《かみしろ》エリカは隣に並んでいた大月千代子《おおつきちよこ》と、そっと顔を見合わせて微笑《ほほえ》んだ。

やったね。――言葉に出さなくても、お互いそう言いたいのだと分かった。

指揮者の女性が、客席の方を向いて一礼する。拍手が一段と高まり、ホッとした表情になった指揮者。

「――辻《つじ》先生、上機嫌だね」

と、エリカが千代子へ言った。

「分かるの？」

歌っていたエリカたちには、今は指揮者の辻真由美《まゆみ》の背中しか見えない。

「背中が怒ってない」

と、エリカは言った。

「そうか。そう言えばそうだね」

と、千代子が肯《うなず》く。

ところで、大学生の仲良し三人組のもう一人、橋口《はしぐち》みどりはというと、コーラスグループの別のパートで歌っていた。

辻真由美が、伴奏ピアニストの方へ手を向ける。

ピアニストも同じ大学生で、関谷《せきや》しおりという子だ。エリカたちとは、この合唱のリハーサルで初めて会ったのである。

色白で、ほっそりとした美人。どことなく落ちついていて、「名家のお嬢様風」だった。

ピアノの腕は一流で、

「どうして音大に行かなかったんだろうね」

と、千代子が言ったほどだ。

「さあ、皆さん」

エリカたちの方へ向いて、辻真由美が肯いてみせる。

エリカたち、三十五人の合唱団は、揃って客席へ一礼した。

そして、一列に舞台袖《そで》へと入って行く。その間も拍手は続いていた。

「――お疲れさま！」

舞台裏の控え室へ入ると、辻真由美が誰にともなく声をかけた。

「とても良かったわよ！」

メンバーの中から何人かの笑い声が上がった。辻真由美はふしぎそうに、

「何がおかしいの？」

「だって、先生がそんなこと言うなんて」

「そうそう。いつも怒鳴ってばっかりだから、調子狂っちゃう」

みんなが笑った。

「あら、私ってそんなに怖かった？」

「先生、自分で分かってなかったんですか？」

と、誰かが言って、また大笑い。

「——帰りに寄り道するのはいいけど、遅くまで騒いだりしないでね」

と、辻真由美は言った。

「——お先に」

「お疲れ」

と、声が飛び交って、みんな帰り仕度《じたく》は早い。

エリカはのんびりとペットボトルの水を飲んでいた。

「しおり、ピアノ良かった」

と、エリカは関谷しおりに言った。

「ありがとう。みんな実力出してたよね」

と、しおりが言った。

「そういえば」

と、千代子が思い出したように、

「この間、ポスター、見たんだけどさ。〈ミサ曲〉の演奏会で、パイプオルガン弾くのが〈関谷しおり〉ってのってた。しおりのことでしょ？」

「どこで見たの？　ちょっと頼まれてね」

「パイプオルガンも弾くんだ」

と、エリカは言った。

「子供のころ、教会に遊びに行って、いじらせてもらってたの。ピアノとは違った面白さがある」

「お腹空いた！　何か食べよ」

と、割って入って来たのは、いつも食い気優先の橋口みどり。

「お父さん、来てると思うよ」

と、エリカがバッグを肩にかけて、

「おごらせてやる」

「エリカのお父さん、社長さんだもんね」

三人組がロビーへ出て行くと、いつものマント姿のフォン・クロロックが立っていた。

「おお、なかなか良かったぞ」

と、エリカに言った。

「実力よ」

と、エリカが得意げに、

「ね、晩ご飯、おごって。――しおりもおいでよ」

と、ちょうどロビーへ出て来た関谷しおりに声をかけた。

「え？　そんな……」

「ピアノの子だな？　リズムが正確で良かった」

と、クロロックは言って、

「君はもしかしてオルガンを弾くのではないかな？」

「どうして知ってるんですか？」

と、しおりがびっくりしている。

「音の響かせ方や重ね方が、そんな風に聴こえた」

と、クロロックは言って、

「では、どこか気軽に食べられる店に行こう」

先に立ってホールを出て行くクロロックへエリカは駆け寄ると、小声で、

「ね、百円のハンバーガーとかじゃないよね？　いくら『気軽』な店でも」

と、心配そうに言った……。

✠ 時を超えて

「さあ、好きなだけ取って」

言わずもがな、であった。

大皿に山盛りのスパゲティも、エリカから千代子《ちよこ》、みどり、しおりと回る内にほぼ空《から》になり、

「クロロックさん、ほとんど残ってない……」

と、しおりが申し訳なさそうに言った。

「私は他にも充分食べておる。心配いらん」

と、クロロックはワイングラスを手に言ったが、その表情には、多少、無理しているところがあった……。

若者に人気のイタリア料理の店で、スパゲティ、ピザ、リゾットなど、若い胃袋は次々にブラックホール顔負けの勢いで飲み込んで行った。

「しおり君といったか」

と、クロロックはピザをつまみながら、

「君の祖先はヨーロッパの人ではないかな？」

しおりが目をパチクリさせて、

「クロロックさんって、凄《すご》いですね。ずっと何代も昔ですけど、トランシルヴァニア地方に暮らしていたそうです」

「やはりそうか！　私の祖先もその辺りに住んでいたのだ。いや、君を見ていると、どことなく雰囲気《ふんいき》に似たものを感じる」

「でも、私、まだ一度も行ったことがないんです」

と、しおりが言った。

「大学生の間に、一度ぜひ行ってみたいと思います」

「うん、それはいいことだな」

「でも、しおり、アメリカにしばらくいたから、英語話せるんだよね」

と、エリカが言うと、

「私、日本語も怪しい」

と、みどりが次々とスパゲティを平らげつつ言って、千代子から、

「変なこと自慢しないのよ」

と、つつかれている。

「しおり君の、その〈ミサ曲〉のパイプオルガンを、ぜひ聴いてみたいものだな」

「どうぞいらして下さい。来週の土曜日です」

と言って、しおりはバッグからチラシを取り出して、クロロックに渡した。

「〈ミサ曲ロ短調〉か。楽しみだな」

エリカがチラシを覗《のぞ》き込んで、

「教会でやるコンサートなんだ」

「うん。やっぱりこの手の曲は教会が一番似合うよ」

「私も行こう。お父さん、チケット代出してよね」

「ああ。文化的体験は成長のために大切だ。任せておけ」

と、クロロックが胸を張る。

といっても、〈チャリティー〉ということなので、入場料は高くない。

「ご招待します、と言いたいところなんですが、もともと赤字の演奏会なので。私もボランティアです」

「それはご苦労」

——散々食べて、さすがのみどりも、

「お腹一杯！」

と、苦しげに息をついて、

「でもデザートは別腹だからね！」

誰もが一瞬絶句した。

呆《あき》れたとはいえ——。

いざデザートがワゴン一杯に運ばれてくると、みんなが、

「私、これとこれ！」

と、二つ以上はオーダーして、みどりは「ここで負けてなるもんか！」と、張り切って五つも注文した。

クロロックは微笑みながら、

「いやいや、若い者たちにはかなわんな」

と言いつつ、

「では私はティラミスをもらおう」

と、しっかりオーダーしたのだった。

会話はひとしきり盛り上がって、クロロックの影が薄くなるほどだったのだが、そのとき……。

「まあ、何てことでしょ！」

と、かなり迫力のある女の声が、エリカたちのテーブルの対話を一旦打ち切ってしまった。

見れば、かなり太目の五十ぐらいかと思える「おばさん」が、奥のテーブルへ案内される途中で、足を止めたのだった。

一見してシャネルと分かるスーツに身を包んだ厚化粧《あつげしょう》の女性で、大きく見開かれた目は、テーブルについていた関谷《せきや》しおりをじっと見つめていたのである。

エリカが戸惑って、

「あの——何か？」

と訊いた。

すると、その女性は、しおりに向かって、

「リュドミラ様！　どうしてここに？」

と言った。

しおりは左右へ目をやってから、

「あの……今、何て？」

と訊いた。

その女性はハッとした様子で、

「失礼しました！　そんなわけが……。いえ、申し訳ありません！」

と、早口に言うと、奥のテーブルへと行ってしまった。

「――変な人」

と、みどりが肩をすくめて、

「しおりが誰かと似てたのかな」

「そうらしいわね」

と、千代子が肯いて、

「確か――『リュドミラ』って言った？」

「ロシア女性の名前だな」

と、クロロックが言った。

「まあ、しおり君は色白だし、いくらかそんな風に見えてもふしぎはない」

「リュドミラ？　――私、やっぱりしおりの方がいいわ」

と、しおりは笑って言った。

その女性はこの店の常連らしく、奥のテーブルで、一人食事していたが……。

エリカたちが、デザートもきれいに平らげて、コーヒー、紅茶になると、席を立ってやって来た。

「先ほどは失礼を」

と、ていねいに言うと、名刺を取り出し、グループの中の唯一の大人、クロロックに差し出した。

「これはどうも」

クロロックも、めったに使うことのない、〈クロロック商会社長〉の名刺を取り出して渡した。

「〈倉畠信忍《くらはたしのぶ》〉さん。〈K貿易〉社長でいらっしゃる」

「フォン・クロロック様。こちらのお嬢様は――」

「私の娘はそのエリカだけでしてな。他は同じ大学の子たちです。この子は……」

「関谷しおりです」

と、自分で名のって、

「私、誰かと似てるんですか?」

「はい。あんまり似てらっしゃるので、つい……。でも、そんなわけはないのです」

と、倉畠信忍は首を振って、

「リュドミラ様は、もし生きておられれば、もう四十代。あなたが娘さんとでもいうことなら……」

「いいえ、私、母も日本人です」

「さようでしたか。妙なことを申し上げて。――どうぞ忘れて下さい」

と言いながら、それでもすぐにはしおりから目を離そうとしない。

「リュドミラとは、ロシアのお名前のようだが」

と、クロロックが言った。

「はい。リュドミラ様は、ロシアから東ヨーロッパのさる貴族の家に嫁《とつ》がれた方なのです」

と、倉畠信忍は言った。

「私は貿易の仕事でその地域とご縁があり、リュドミラ様と親しくさせていただいておりました。でも――二十年ほど前になりますが、その国全体が内戦になって、リュドミラ様の消息も不明に……。それきり生きておいでかどうかも分からず……」

と、ため息をつくと、

「失礼しました。食事のお邪魔をしてしまいまして」

と、頭を下げてから、席へ戻って行く。

「――しおり、何だかお姫様みたいじゃないの」

と、みどりが言った。

「私、いやだ、そんな固苦しいの。自由が大好き！」

と言って、しおりは笑った。

クロロックの鋭い耳は、あの女社長がケータイに出て言っている言葉を聞いていた。

「――そうなの。間違いなくリュドミラ様の娘さんよ。――そう。今、どこ？　――もう少ししたら、店を出られると思うわ。見ればすぐ分かるから。――ええ、後を尾《つ》けてちょうだい。いいわね」

そう言ってケータイを切る。

「――このまま終わりそうもないな」

と、クロロックは呟《つぶや》いた……。

✠　掘り出しもの

「私、今日〈リュドミラ様〉って呼ばれちゃった」

と、しおりは言った。

「おいしかったよ、お店！　エリカのお父さんがおごってくれたの。スパゲティにピザに……。ああ、満腹！　デザート、三つも食べちゃった！　太るね、絶対。二、三日絶食しようかな」

自分の部屋で服を着替えていたしおりは、台所にいた母に向かってしゃべっていた。

2DKの、こぢんまりしたマンション。少し大きな声を出せば、家中に聞こえる。

「ワインも飲んじゃった！　一杯だけね。みんなもう二十一だから、結構飲むんだよ。私なんか……」

そこまで言って、しおりは母が部屋の入口に立っているのに気付いた。

「――どうかした？」

と、しおりは、母、関谷美穂子《せきやみほこ》が何だか妙な様子なのを見て訊いた。

「しおり、どうして〈リュドミラ様〉って呼ばれたの？　誰がそんなこと……」

「ああ、食事してたらね――」

しおりは、どこかの社長だという太った女性がいきなりそう呼びかけて来た事情を説明した。

「その人は何ていう名前？」

と、母、美穂子が訊く。

「ええと……倉畠《くらはた》……だったと思うよ。名刺はエリカのお父さんが受け取ってた」

と、しおりは言って、

「お母さん、何かその名前に心当たりがあるの？」

と訊いた。

「いいえ、全然」

と、美穂子は首を振って、

「ただ、しおりを外国人だと思う人って、ときどきいるから」

と言うと、

「コーヒーでも飲みましょ。着替えたらいらっしゃい」

と、ダイニングキッチンへと戻って行く。

お母さん、変だな。――しおりはちょっと首をかしげた。

今の様子。〈リュドミラ〉って名前に、何か思い当たることがあるようだった。

「――ま、いいや」

どっちにしたって、私はそんなロシアから貴族に嫁いだお姫様じゃないことだけは確かだものね。

母娘はダイニングのテーブルでコーヒーを飲んだ。

しおりは、物心ついたときから母と二人だ。父親は――誰なのかよく知らない。

たぶん、今でいうシングルマザーで、美穂子はしおりを一人で育てて来たのだろう。

「おいしいね、コーヒー」

と、しおりは言った。

「いい豆を売ってるお店を見付けたの」

と、美穂子は言った。

「お母さん、コーヒーにはうるさいもんね」

「人間、何か一つはぜいたくをするといいのよ。生活に潤いができる」

何か一つ。――そうなんだ、としおりは思った。

お母さんは女手一つで私を育ててくれた。今は私立の女子大にも通わせてくれている。

そして、ピアノを学ばせてくれて、家にもピアノを買ってくれたのだ。

子供心にも、しおりは母が苦しい家計をやりくりしてピアノのローンを払ってくれていることを分かっていた。

でも、今は美穂子も〈古美術商〉として、安定した収入が得られている。とはいえ、このマンションでも、アップライトのピアノと同じ部屋に寝ているわけで、決して豊かな暮らしというのではない。

それでも、大学に入って、

「私、アルバイトする」

と言うしおりに、

「いいから。学生は勉強するものよ。時間があったらピアノを弾いていなさい」

と、美穂子は言い聞かせた……。

今度の〈ミサ曲〉でオルガンを弾くのは、珍しいアルバイトだった。美穂子も、それには反対しなかったのだ……。

「ああ、そうだ」

と、しおりが言った。

「どうしたの？」

「ううん。〈リュドミラ〉って、どこかで聞いたことあるなと思ってた。グリンカの作曲した〈ルスランとリュドミラ序曲〉って、よく演奏するよね」

「そうだったかしら」

美穂子の笑顔は、どこかぎこちなかった。

「ね、お母さん――」

と、しおりが言いかけたとき、美穂子のケータイが鳴った。

「ちょっと待って。——はい、もしもし」

と、美穂子がケータイで話しながら、奥の部屋へ入って行った。

あの人かな、としおりは思った。

母に誰か付き合っている男性がいることは、何となく察していた。

まだ四十八で、充分に若々しく美人の美穂子に恋人がいても少しもおかしくない。

それでも、しおりに気をつかってだろうが、美穂子は決してその人の話をしなかった。

しおりは、母が幸せになってくれるのなら、誰と付き合おうと反対するつもりはなかったのだが……。

「——本当ですか?」

美穂子が大きな声を出したので、しおりはびっくりした。こんなことは珍しい。

「確かなんですね? ——分かりました! 明日朝一番で伺《うかが》います! 本物なら大変なことですね!」

何だろう? 母がこんなに興奮するなんて珍しい。

「──はい！　間違いなく朝八時に。それでは」

美穂子は戻ってくると、

「すてきだわ！」

と、歌でも歌い出しそうだった。

「どうしたの、お母さん？」

と、しおりは目を丸くして、

「宝くじにでも当たった？」

「それに近いかもしれないわね」

「どういうこと？」

「ちょっと待って」

美穂子はコーヒーを一口飲んで、

「少し落ちつかないと。まだドキドキしてる」

と、胸に手を当てる。

「プロポーズでもされたの？」

「馬鹿ね」

と、美穂子は苦笑して、

「〈マキシミリアン大公の十字架〉」

と言った。

「――何、それ？」

「私たち古美術商の間で、伝説のように語り継がれて来た貴重な物なの。どこかにある、ってことだけ分かってて、でもどこにあるか誰も知らなかった」

「へえ」

古美術に関しては、しおりもさっぱり分からない。しかし、これほど母が興奮しているのだから、よほど貴重な物なのだろう。

「それが見付かったのよ！」

と、美穂子が声を弾ませて言った。

「おめでとう」

「何だか気がないわね」

「だって、よく分かんないし……。で、それをどうするの？」

「持ち主がね、私にそれの売却を任せてくれることになったの」

「へえ。信用あるんだ」

「そうなのよ！　これまで、その輸入業者さんとずっと仕事をして来た。決して高くふっかけたり、安く買い叩いたりしなかったわ。その誠実なところを信じて下さったのよ」

「自分で誠実って言ってら」

　と、しおりは笑って、

「でも、確かにお母さんは真面目《まじめ》だよ。ずるく立ち回れたら、もっといい暮らししてるよね」

「耳の痛いこと言うわね」

　と、美穂子は苦笑して、

「でも今度の〈マキシミリアン大公の十字架〉は、欲しがってる人がいくらでもいるの。お金に糸目はつけない、って人がね」

「そんなに価値のある品物なの」

「どんなに安くても、億の値がつくわね」

「億！　へえ！」

と、目を丸くする。

「そんな額の取り引きを担当すれば、手数料が何千万円にもなる。私みたいに個人の店には大変なチャンスだわ！」

母がこんなに手放しで喜んでいるのを、しおりは初めて見たような気がした。

「良かったね、お母さん」

と、しおりは言って、

「お風呂入るの、忘れないでね」

と付け加えた。

✠ 残響

「いい演奏だった」

と、クロロックは言った。

「ありがとうございます」

ハンカチで額の汗を拭いて、しおりが微笑《ほほえ》んだ。

「ヨーロッパの教会で聴いているようだったな」

「こういう音楽は、やっぱり教会が一番合ってますね」

〈ミサ曲〉の演奏が終わって、オーケストラや合唱のメンバーたちが帰り仕度《じたく》をしている。

「私はもう出られます」

と、しおりは言って、エリカとクロロックに、

「わざわざ聴きに来てくれて、ありがとうございました」

「いやいや、礼を言うのはこちらの方だ」

と、クロロックは感激の面持《おもも》ちで、

「遠い昔のことを思い出した」

「クロロックさんって、本当に中世から抜け出して来たみたいですね」

「うむ？　そうかな」

クロロックも、そう言われると満更《まんざら》でもない様子だった。

教会を出ようとして、エリカは、

「あの人……」

と、足を止め、

「この間、しおりのこと、〈リュドミラ〉とかって呼んだ人じゃない？」

「え？」

確かに、教会を出て、待っていた車へと足早に向かって行く太めの後ろ姿は、あの〈K貿易〉社長の倉畠《くらはたし》信忍《のぶ》らしかった。

「その後、あの女性から君の所へ何か言って来ていないかね？」

と、クロロックが訊いた。

「ええ、別に」

「そういえば、しおり、お母さんはみえなかったの？」

と、エリカが訊いた。

「うん。何だか大事な取引があって、どうしても来られなかった。謝ってたけど、仕事なら仕方ないよね」

「美術商とか伺ったが？」

「古美術です。古い遺跡から出て来た物とか、何だかよく分からない物を売っています」

「それには鑑定眼が必要だ。大変な仕事だな」

「何だか、とっても珍しい掘り出し物を見付けたとかで、凄《すご》く興奮してました。確か……〈マキシミリアン大公の十字架〉とか言ってましたね」

「何と？」

クロロックがそれを聞いて足を止め、

「今、〈マキシミリアン大公の十字架〉と言ったか?」

「ええ。——そうだったと思います」

と、しおりがちょっと面食らって、

「知ってるんですか、クロロックさん?」

「いや……噂《うわさ》でな。見たことはないが」

エリカは、父がかなり深刻な表情をしていることに気付いていた。

別れぎわ、クロロックは、しおりに母親の店の場所を訊いて、

「一度、ぜひお店を拝見したいとお伝えいただきたい」

「はい。母もきっと喜びます」

しおりが、足早にバス停の方へ行ってしまうと、エリカは、

「お父さん、何かあるんだね?」

と言った。

「うむ……。少しややこしいことになるかもしれん」

「どういうこと?」

「あの子の言っていた〈マキシミリアン大公の十字架〉は、古くからヨーロッパでよく知られた伝説だった」

「伝説？」

「そうだ。悪霊から村を守る力があると言われて、誰もがそのありかを捜して回った。しかし、誰も見付けられなかったのだ」

「でも、しおりのお母さんが……」

「心配だな。これまでも、〈マキシミリアン大公の十字架〉が見付かったという情報が広まって、大勢がそれに振り回された。とはいえ今度のそれが本物である可能性もないではないがな」

「でも、もし、しおりのお母さんが偽物《にせもの》をつかまされてるとしたら……」

「問題だな。あの子の母親なら、そう簡単に騙《だま》されることはないだろうが……」

クロロックは呟《つぶや》くように言った。

「おめでとう、お母さん！」

と、しおりは言って、シャンパンのグラスを上げた。

「ありがとう」

母、美穂子《みほこ》は笑顔でグラスを合わせると、

「今度の取引で、ヨーロッパの業者の方ともつながりができたから、お母さんの仕事も一段と手広くやれるようになるわ」

と言った。

「良かったね。でも、働き過ぎて、体こわさないでよ」

母娘は、超高級とまではいかないが、一応フランス料理で名の知れたレストランで、お祝いの食事をしていた。

「今日は〈ミサ曲〉を聴きに行けなくてごめんなさいね」

「いいよ。コンサートはまたあるし。次の教会コンサートでも、オルガン弾いてくれって頼まれちゃった」

「まあ、腕を見込まれたのね」

「まあね。私、ピアノより、オルガン弾いてるときの方が楽しい。私に向いてるのかな」

「そうなの？　でも、家にはパイプオルガンは置けないわよ」

二人が笑った。すると、美穂子のケータイが鳴り出した。

「あら、切っとくんだったわ」

美穂子は席を立って、

「――はい、関谷《せきや》です……」

と言いながら、レストランの入口の方へと歩いて行った。

スープが来て、しおりは母が戻るまで待っていようかと思ったが、なかなか戻って来ない。

「冷めちゃうな……」

先に飲むことにして、ちょうどスープ皿を空《から》にしたころ、美穂子が戻って来た。

「お母さん、スープ、冷めるよ……。どうしたの？」

しおりは、血の気の失せた母の顔を見て、びっくりした。

しおりの声も聞こえない様子で、呆然《ぼうぜん》として、椅子《いす》にかける。

「お母さん……。何かあったの？」

ゆっくりと言うと、美穂子はやっとしおりを見て、

「偽物だったの」

「え？」

「オークションで、何億円もの値のついた、〈マキシミリアン大公の十字架〉が、偽物だった！」

と、両手で顔を覆《おお》う。

「そんなこと……。でも、お母さんが悪いわけじゃ……」

「私の責任よ。出品したのは私ですもの。そして、買い手からはもう頭金が三千万円、払い込まれてる」

「でも、それを返せば――」

「すぐに全額、誰かが引き出してた」

美穂子は、息を吐いて、

「初めから仕組んでたんだわ。三千万円を騙し取るように」

「でも……どうするの？」

美穂子は固い表情で、

「明日、買い手の方の所へ行って謝罪する。そして、三千万円を何とか……待ってもらって、少しずつでも返して行かないと」

「返せるの？」

「分からないわ。でもすぐ返さないと、私も詐欺《さぎ》で捕まるかも」

「お母さん……」

美穂子はしばらく目を閉じていたが、

「――お食事しましょう。注文してしまったんだから。それに……」

と、ちょっとためらって、

「刑務所じゃ、こんなにおいしいものは食べられないでしょうからね」

しおりは何も言えなかった……。

✠ 秘宝

「この度《たび》は本当に申し訳ありませんでした」

ともかく、まず関谷美穂子《せきやみほこ》は深々と頭を下げた。

少しして顔を上げると、初めてその相手――〈マキシミリアン大公の十字架〉の偽物を買った人間を目にした。

ホテルのスイートルームで、ゆったりとソファにかけている白髪の男性。

そしてすぐそばに、秘書と覚《おぼ》しき三十才くらいの男性が立っていた。

「私が永田《ながた》だ」

と、七十くらいかと思えるその男性は言った。

「関谷美穂子と申します。――大変な損害をおかけしてしまったこと、心から――」

と言いかけると、秘書らしい男性が、

「謝って済むことじゃありませんよ！」

と、強い口調で遮《さえぎ》った。

「あなたも詐欺の共犯じゃないかと私はにらんでるんですがね」

「上原《うえはら》、やめなさい」

と、永田がたしなめるように、

「証拠もなしに、人を疑ってかかるものじゃない」

「ですが旦那様《だんなさま》――」

「お前は口を出すな」

「はい……」

上原と呼ばれた男は不服げに口をつぐんだ。

「正直なところ、金はそう大した問題ではない」

と、永田は言った。

「むろん、騙されるのは好きでないし、三千万円は何としても返してもらう」

「はい。今すぐというわけにはいかないのですが、必ず……」

「私の関心は、例の十字架にある。長いこと探して来て、今度こそはと思っていたのだが……」

「私も残念です」

「まあ、あれを本物と鑑定した者がいたわけだな」

「そうなのです。それまで何度か鑑定をお願いしたことがあり、信用していたものですから……」

「何という男だね?」

「須田良平《すだりようへい》さんという方です」

「須田か。――私も名前は知っている。まあ、どんなに優秀な鑑定人でも、間違えることはあるが」

「しかし、三千万円が引き出された直後に姿を消しているのでしょう」

と、上原が言った。

「お前は黙っておれ」

と、永田に言われて、渋々上原は口を閉じた。

「私も行方《ゆくえ》を捜しています」

と、美穂子は言った。

「あんなことをするような人ではないと思うのですが……」

「須田を捜すのは我々がやる」

と、永田は言った。

「君には別の仕事がある」

「――どういうことでしょうか」

「実は、あの十字架のことが話題になって、ヨーロッパにも伝わった。すると、興味深い話が耳に入って来たのだ」

と、永田は身をのり出して、

「本物の〈マキシミリアン大公の十字架〉が、トランシルヴァニアのある村に伝わっているというのだ」

「まあ。――本当のことでしょうか」

「それを君に調べに行ってもらいたい」

美穂子は驚いて、

「私が現地に行くのですか？」

「いやかね？」

「とんでもない！　もちろん――参ります」

「君がその村へ行って、十字架の話が事実かどうか調べてくれれば、三千万円の件については、君の都合に合わせてやる」

「はい！　ありがとうございます」

美穂子の声が震えた。刑務所へ行かなくてすむ！

「パスポートは持っているかね？」

「はい、一応」

「娘さんは？」

「え？」

美穂子は戸惑って、

「娘……ですか」

「確か、しおりさんとかいったな」

「はい、そうですが……」

「娘さんにも一緒に行ってもらう」

「でも——どうして娘を？」

「それが条件だ。断れば、すべては振り出しに戻る」

「——分かりました」

と、美穂子は答えるしかなかった……。


「私がお願いして来てもらったの」

と、しおりが言った。

「何かお力になれればと思いましてな」

と、クロロックが言った。

「はあ……」

美穂子は当惑しながらも、

「ありがとうございます。どういうことになるのか……」

帰宅した美穂子は、しおりが大学の友人のエリカと、その父親を呼んでいたと知って面食らっていた。

「お母さん、バッグ、貸して」

と、しおりが言って、美穂子のバッグを開けると、中から小型のレコーダーを取り出した。

「いつの間にそんな物……」

と、美穂子がびっくりしていると、しおりが、

「私、こっそり入れていたの。録音できてるかな」

しおりが再生ボタンを押すと、

「この度は本当に申し訳ありませんでした」

という美穂子の声がしっかり聞こえて来た。

「まあ……」

と、美穂子が啞然《あぜん》としている。

「私が永田だ」

という声。

そして、その先の話を、エリカたちも聞いて行った。

「――お母さん、トランシルヴァニアに行くの？」

と、聞き終えて、しおりが言った。

「それに、私も一緒に？」

「それが条件なのよ。理由は分からないけど」

「でも……」

と言いかけて、しおりは肯《うなず》いて、

「いいよ！　行こう。お母さんと二人なら怖くない」

「しおり……。悪いわね。大学があるのに」

「トランシルヴァニアに行くのも社会勉強だ」

「それは確かだな」

と、クロロックが言った。

「お父さん、今の聞いて、何か分かった?」

と、エリカが訊くと、

「いくつか分かったことはある」

と、クロロックは肯いて、

「しかし、今肝心《かんじん》なのは、お二人が本当にトランシルヴァニアへ行くことだ」

「永田さんが、飛行機代、ホテル代も出して下さるということで」

「ずいぶん気前がいいね」

と、しおりが半ば呆《あき》れたように、

「私の分も?」

「もちろん。明日には航空券が届くはずよ。出発は明後日の夜。一週間の予定だから、そのつもりで仕度《したく》して」

「どこの何便に乗るのかな?」

と、クロロックが訊いたので、エリカは、

「まさか、お父さん……」

「ちょっと向こうに用事もあるのだ」

「でも――」

「もちろん、お前も行くのだ」

「ええ？　私、大学が忙しいけど」

「なに、一週間、熱を出して寝込んだと思えばいいのだ」

「そりゃそうだけど……。費用は会社持ち？」

「当たり前だ。出張扱いにするから、お前は私の秘書ということだ」

「へえ。じゃ、お給料くれる？」

「調子に乗るな」

二人のやりとりを見ていた美穂子たちは笑ってしまいそうになった。

「――クロロックさん、本当に行って下さるんですか？」

「もちろん」

「でも、そんなことまで……」

「私にも興味のあることなのでな」

と、クロロックは言った。

「といいますと？」

「私はトランシルヴァニアに多少縁のある人間なのだ。あの地方の者は、少し年配の人間なら、〈マキシミリアン大公の十字架〉の話を知っている」

「まあ！　それではクロロックさんも？」

「遠い昔の伝説としてな。何百年も前、あの山間《やまあい》の小さな村が悪霊に襲われて、全滅しそうになったとき、〈マキシミリアン大公の十字架〉が村を救った、という話を聞いておる」

「その村は……ゼーダーシュトルムというのでは？」

「その名は、今度の行き先なのだな？」

「メモをもらいました」

「もちろん、その伝説から何百年もたっているのだ。村の様子も変わっていよう。しかし、その十字架につながる何か手がかりは見付かるかもしれん」

「永田さんは、その村に十字架があると……」

「ともかく行ってみることだ」

と、クロロックは言った。

「旅行の仕度《したく》を急がねばな。お互いに」


「お父さん」

と、帰りのタクシーの中で、エリカが言った。

「私まで連れて行くってことは、何かあると分かってるのね？」

「あの録音を聞いたろう」

「永田って人の話？」

「永田の声に、聞き覚えはないか？」

「え？　――よく分かんなかった」

「私はすぐ分かったぞ」

と、クロロックはニヤリとして、

「あの永田は、役者のアルバイトだ」

「え？」

「あの声は、よく刑事物のＴＶドラマで、主役の部下の一人とか、小さい役をやっているのと同じ声だ」

「ということは……」

「雇われて、あの役を演じていたのだ。つまり、この偽物の十字架の事件には、別の黒幕がいるということだ」

「じゃ、まず日本で調べたら？」

「いや、いずれにしろ、トランシルヴァニアのゼーダーシュトルム村には行かねばならん」

「どうして？」

「そこには古い教会がある。その名を〈聖リュドミラ教会〉というのだ」

と、クロロックは言った。

✠ 森の奥深く

「まだ昼間だよね……」

と、しおりがちょっと不安げに言った。

「深い森だ。道路まで日が射さないのだ」

と、クロロックが言った。

「昔と少しも変わらんな……」

このクロロックの言葉を聞いて、関谷美穂子《せきやみほこ》もしおりも、「昔」というのが、何百年も前のことだとは思ってもいないだろう。

空港からゼーダーシュトルム村までは、車で五時間と言われていた。

しかし、問題はその「車」で、一体いつ作られたのかと思うような古ぼけた車。普通に走っていても、凸凹《でこぼこ》道を走っているかのように、車体全体がガタゴト揺れ続けている。

「──さっきの村が、ちょうど半分くらいの距離だよ」

と、エリカが言った。

「この調子だと、五時間じゃ、とても着かない。七、八時間かかるよ」

「夜になっても無事に着けばよかろう」

と、クロロックは落ちついたもの。

ドライバーは、全《まつた》く英語の通じない男性で、時々鼻歌など歌って運転していた。

やがて、辺りが本当の夜に包まれて、もちろん街灯などない山道を、車の弱々しいライトだけで辿《たど》ることになった。

「眠っちゃった」

と、しおりが欠伸《あくび》をした。

「まだ着かないの？」

「そのようね」

美穂子はやや不安そうだ。

そのとき、車の外に、

「ウォーン」

という声が響いた。

「――お父さん、今の、何？」

「うむ？　ああ、ただの狼だ」

「あ、そう」

しかし、狼の声にはさすがにドライバーも震え上がったとみえ、突然スピードが上がった。

「いかん！　待て！」

クロロックが、現地の言葉でドライバーに話しかけた。すると、スピードは元に戻った。

「やれやれ」

と、クロロックは息をついて、

「この山道で、あんなスピードを出したら、崖《がけ》から落ちてしまう。狼よりよほど怖い」

だが、狼の吠える声は、二つ三つと増えて来て、しかも車の近くを、並行して走っているように聞こえて来た。

しおりがこわごわ窓の外へ目をやると、

「狼が沢山《たくさん》いる！」

と、声を上げた。

エリカも見た。車と並んで、白銀の色の狼が五匹、十匹と連なって走っている。

「食べられちゃう！」

と、しおりが美穂子の手を握りしめた。

「大丈夫だ。狼はめったに人を襲ったりせん」

と、クロロックは穏やかに言った。

その内、狼たちが一斉に、

「ウォーン」「ウォーン」

と声を上げ、山間の道に響き渡った。

ドライバーが何か言った。

「もうじき、ゼーダーシュトルムに着くそうだぞ」

と、クロロックが言った。

「ホテルが一軒あるということだったな。ともかく夕食をとらんと、腹がもたん」

外が少し明るくなって、左右に人家が見えた。村に着いたのだ。

車は、〈HOTEL〉という看板の出た建物の前に停まったが……。

「狼に囲まれてる……」

と、しおりが言った。

「村の中までついて来たのだな」

クロロックはそう言うと、ドアを開け、静かに手で空を払った。

すると、狼たちは黙ったまま、もと来た方へと一斉に走り去って行ったのだ。

「まぁ……」

美穂子が啞然《あぜん》として、

「まるでクロロックさんの飼い犬みたいに……」

「昔なじみでな。さ、中へ入ろう」

と、クロロックは言った。

「おいしいね、このシチュー」

と、しおりが言った。

「これ、何の肉なんだろ?」

「これはイノシシの肉だ」

と、クロロックが言った。

「この辺は鹿やイノシシを普通に食べるからな」

「イノシシか……」

しおりが、しみじみとフォークに刺した肉を眺めている。

「──それで、関谷さん」

と、エリカは美穂子の方へ、

「この村の誰を訪ねることになっているんですか?」

「ホテルに着けば、先方に連絡が行くということで。──あの永田《ながた》さんの秘書の上原《うえはら》という方が、ちゃんと段取りをつけて下さっているはずです」

四人は、このゼーダーシュトルム村唯一のホテルのダイニングルームで、夕食をとっていた。

全体に薄暗い造りで、古びた木の内装。壁にはいつの誰やら分からない貴族らしい人々の肖像画が掛かっていて、クロロックたちを見下ろしている。

ダイニングの入口の傍には、全身鉄の鎧《よろい》の人物が槍を手に立っている。

だが――食事をしていると、何だか妙な雰囲気《ふんいき》になって来た。

初めは、料理をテーブルへ運んで来た、丸々と太った娘が、しおりを見て、

「エッ！」

と、仰天《ぎようてん》した様子を見せたことだった。

そして少しすると、村人が二人、三人と次々にやって来て、ダイニングを覗《のぞ》いて行くのだ。

みんな、目を丸くして、何か言い合って帰って行く。

「――私たち、話題になってる？」

と、エリカは言った。

どういうことか、エリカにも見当はついていたが。

「『私たち』ではない。このしおり君が話題になっているのだ」

と、クロロックが言った。

「クロロックさん」

と、美穂子がすがるような目でクロロックを見つめると、

「お願いします。この子を守ってやって下さい」

「お母さん……」

「村人は、おそらくここの教会にある肖像画の女性が、しおり君とそっくりなので、見に来ているのだ」

と、クロロックは言って、

「教会の名は〈聖リュドミラ教会〉。——あなたもそれは知っているのだろう」

「はい……」

美穂子は深々と息をついた。

「お母さん、どういうこと？」

と、しおりがじっと母を見つめる。

「いつか話さなきゃ、とは思っていたの」

と、美穂子は、しおりを見て、

「しおり。あなたは私の産んだ子じゃない。人から預かった子なの」

「その——リュドミラさんとかっていう人から？」

「いいえ。直接じゃないわ。私に預けた人はトランシルヴァニアの人で、姿をくらましてしまった。——あなたは日本人と言っても通用する、黒い髪、黒い眼だったから、ずっと昔にこの辺に住んだことのある人の血を引いてるということにしたの。——ごめんなさいね、黙っていて」

しおりは少しの間、何も言わなかったが、

「デザートってあるかな、ここ」

と言った。

「訊いてみよう」

クロロックが店の女主人を呼んで訊くと、

「クルミのパイだったらある、とのことだ」

「じゃ、私、食べよう。お母さんも好きだよね」

「ええ……」

「好みも同じ。私、お母さんの子だもの」

しおりの言葉に、美穂子は目を潤ませて、

「そう……。そう思ってくれるのね」

「我々に用のある人々には、少し待っていただこう」

と、クロロックは言って、ダイニングの入口の方へ向けて何か言った。

ダイニングの外にいた何人かが、顔を出して、「承知しました」と言うように、頭を下げた。

「では、落ちついてデザートをいただこうかな」

と、クロロックは言った……。

✠教会

古びて、一面にひび割れの入っている両開きの教会の扉が重々しく開くと、中から穏やかなコーラスが聞こえて来た。

讃美歌《さんびか》ではなく、この地方に伝わる民謡《みんよう》のようなものかと思えた。

クロロックを先頭に、四人は教会へと足を踏み入れた。

石造りの、冷たい空気を漂わせる教会の正面の祭壇《さいだん》の前で、二十人ほどの人たちが歌っていた。

伴奏しているオルガンは、パイプオルガンのような立派なものではなく、足踏みの小型オルガンだった。

四人がゆっくりと教会の奥へ進んで行くと、教会内部に明かりが灯り、飾り気のない素《そ》朴《ぼく》な造りが細かく見えて来る。

「あれだ」

と、クロロックが言って、教会の祭壇《さいだん》の脇に飾られた一枚の絵画へ目をやった。

それは大きな――ほとんど実際の人間とほぼ同じ大きさに描かれた、白いドレスの女性だった。

「へえ……」

と、エリカは呟《つぶや》いた。

確かに、その肖像画に描かれているのは、しおりだった。

しおりも、しばし呆然《ぼうぜん》としてその絵を眺めていたが……。

「私だ」

と、ごく当たり前の口調で言った。

「リュドミラ様です」

という声がした。

振り向くと、神父が立っていた。

「日本語がおできになる?」

と、クロロックが言った。

「はい。神父マルティンと申します」

まだ若い、三十前後かと思える神父だ。

「子どものころ、日本で何年か過ごしましたので」

コーラスはいつの間にか終わって、歌っていた人たちはそろそろとしおりの方へと集まって来た。

「あの……」

と、しおりが気付いて振り向くと、人々が一斉にひざまずいて、しおりに向かって祈り始めたのだ。

しおりは焦って、

「ちょっと!　やめて下さい!」

と、両手を振って、

「私、リュドミラじゃありません!　日本人の関谷しおりです!」

「これほど似ておられては、無理もありません」

と、マルティン神父が言った。

「とても偶然とは思えませんからね」

「お母さん……」

しおりが美穂子《みほこ》に寄り添った。

「まあ、落ちつくことだ」

と、クロロックはマルティンに向かって、

「ここへこの娘を来させたのは何のためかな？」

と訊いた。

「そのことについては――」

と、マルティンが言いかけたとき、教会に一人の女が駆け込んで来た。

現地の女性だろう。四十代かと思えるその女は、髪を振り乱して、必死の形相《ぎょうそう》でしおりの前に走り寄ると、何かを叫んだ。

しおりに向かってひざまずき、両手を合わせて、何かを哀願しているようだった。

「――何だって？」

と、エリカがクロロックを見る。

「娘を助けてくれ、と言っておる」

「娘さんを？」

「娘が、悪い獣のえじきになってしまう、と訴えておる」

「でも――私に頼まれても……」

しおりは戸惑うばかりだった。

しかし、その母親は夢中で、しおりへとにじり寄って、その両足に抱きついた。しおりがびっくりして、

「あ――あの――」

すると、マルティン神父が、その母親の肩を抱いてなだめるように言い聞かせ、やっと母親は少し落ち着いたようだった。

クロロックは顎《あご》をなでて、

「では、ともかくそちらの話を聞こう」

と言った。

「すまんが、ワインの一杯でも用意してくれんかな？」

「もう伝説に類することですが……」

と、マルティン神父は言った。

「何百年も昔、この村が悪霊に取りつかれたことがあったのです。霊は森の野獣にのり移り、巨大化、凶暴化して、村人を襲い始めました」

「聞いたことがある」

と、クロロックは肯《うなず》いて、

「若い娘をいけにえにしたという話だったな」

教会の奥の小部屋で、クロロックたちはマルティン神父の話を聞いていた。――注文通り、ワインが出されている。

「二人の娘が犠牲《ぎせい》になりました。しかし、それ以上の要求を断ると、獣は怒って、村人を皆殺しにすると宣告したのです」

「それで……」

と、しおりが身をのり出す。

「当時の神父が、神のお告げを聞いて、悪霊に立ち向かえるのは、『すでに死んでいる者』だけだと村人に告げました」

「ノスフェラチュだな」

と、クロロックは肯いて、

「〈不死者〉というかな。死にきれていない者と言った方が正しいかもしれん」

「死者を呼び戻す歌が、この村には伝わっていたのです。神父は信仰の力で悪霊と戦おうとしましたが、それで勝てなければ、その歌を歌えと村人に言いのこしたのです」

「神父は勝てなかったのだな」

「そうです。村人はその歌を歌いました。この教会の地下から、死者がよみがえり、悪霊と戦って倒したのです」

「じゃあ……良かった」

と、しおりが言った。

「しかし、そういいことばかりではなかった」

と、クロロックが言った。

「ノスフェラチュが、戦った代償として、この地を治めていた領主の娘を、死の世界へ連れて行こうとした」

「そうなのです。しかし、そのとき、村を救ったのが、この教会の秘宝、〈マキシミリアン大公の十字架〉でした」

「それでノスフェラチュを再び地下へ封じ込めたのだな」

「はい。そして何百年もの時が過ぎました」

と、マルティン神父は言った。

「今の世に、そんなことが起こるなどとは、誰も考えていませんでした。しかし――その秘宝〈マキシミリアン大公の十字架〉が何者かの手で盗まれてしまったのです。この地下に封じ込められていた死者たちが、目覚めようとしていました……」

「それを止めたのが、あの肖像画のリュドミラだったのだな」

「そうです。森の奥の〈死の国への入口〉と呼ばれる場所へ、『私が行って、説得します』とおっしゃって。――リュドミラ様は、そのとき、まだやっと一才になろうとする女の赤ん坊を、ある人に託して行きました。それがおそらくあなたでしょう」

しおりは、チラッと母の方へ目をやった。

「死者は眠りにつき、平和が戻りました。しかし、リュドミラ様は戻られませんでした」

「でも……捜しに行かなかったんですか?」

と、しおりが訊いた。

「リュドミラ様が、『戻らなくても捜すな』と言って行かれたのです」

「でも……」

「しかし、最近になって、また森の中で村人が襲われるという事件が起きました。再び死者がよみがえろうとしている、と村人たちが恐れているのです」

と、マルティンは言った。

「例の〈マキシミリアン大公の十字架〉は見付かっていないのだな?」

「そうです。このお嬢さんに来ていただいたのは、十字架を見付ければ村が救われると思ったからで……」

「待って下さい」

と、美穂子が言った。

「では、十字架の偽物で、三千万円を騙《だま》し取られたことは、どうなっているんです?」

「その話は聞いていますが、私どもは何も知りません」

「じゃ、ここへ来れば十字架が見付かるという話も、嘘なのですね」

「理由は分かりませんが、おそらく……」

「そんな……」

と、美穂子は肩を落としたが、すぐに胸を張って、

「ともかく、私はこの娘の母です。たとえこの子がどんなにリュドミラという方と似ていても、この娘を危険な目にはあわせません!」

と、強い口調で言った。

クロロックはワインのグラスを空《から》にすると、

「なかなかいいワインだ。この村で作っておるのかな?」

と言った。

「お父さん――」

「頭を冷やすのだ。こんな夜中に、旅に疲れた体でいては、いい考えは浮かばん。マルティン神父、話の続きは明日ということにしよう。昼の明るい太陽の下では、森も暗黒ではなくなる」

「それは確かに」

と、マルティンは肯いて、

「分かりました。では、ホテルまで村の者に送らせましょう」

「ありがたい。――あなた方も疲れたろう」

と、クロロックは関谷《せきや》母娘に、やさしく声をかけて、

「今夜は何もかも忘れて、ゆっくり眠るがいい」

と、しおりの肩を軽く叩いた。

「ありがとうございます」

美穂子は深々と頭を下げて、

「クロロックさんがご一緒して下さらなかったら、どうなっていたか……」

と、少し涙ぐんだ。

クロロックたちが教会から出て行くのを、歌っていた人々はじっと夢見るような目で見送っていた……。

✤ 闇の洞窟

時差や疲れで、しおりはぐっすりと眠り込んでいた。

夢も見なかった。――そのままにしておいたら、翌朝が一瞬にして訪れる気持ちになっただろう。しかし――。

体を揺さぶられて、しおりは目を覚ました。

「しおり！」

「お母さん？」

目をこすって、ベッドに起き上がると、母は隣のベッドに起き上がっていたが、村の男がその白い喉《のど》に幅広い刃のナイフを押し当てていた。

「何するの！」

と、しおりが飛び起きると、

「静かにしなさい」

と言ったのは、マルティン神父だった。

「お母さんの命を助けたかったら、おとなしく、我々の言う通りにするのだ」

「あなたは……」

「私は義務を果たす。神の僕《しもべ》としての勤めなのだ」

と、マルティンは言った。

そして、ちょっと首を振ると、

「あの妙な連れの二人をあてにしてもむだだ。あの二人のワインには、強い眠り薬を入れておいた。雷が落ちても目は覚まさない」

「私をどうするの？」

「あなたの使命を果たしてもらう。我々と一緒に森へ行くのだ」

深夜だ。──しおりたちの部屋には、村の男たちと、「娘を助けて」と訴えていた母親がやって来ていた。

「分かった。お母さんにひどいことしないで」

と、しおりは言った。

男たちが美穂子《みほこ》を縛《しば》り上げる。

「よし、出かけよう」

服を着たしおりは、美穂子の方へ、

「大丈夫。ちゃんと帰ってくるから」

と、力づけるように言うと、マルティンたちと一緒に、部屋を出て行った。

部屋には村の男が一人残って、美穂子を見張っていた。手足を縛られ、猿ぐつわをかまされて、美穂子にはどうすることもできなかったが……。

村の男もかなり緊張していると見えて、部屋の隅のテーブルに置かれていたワインのボトルに目を留めると、コルクの栓《せん》を抜いて、びんから直接ゴクゴクと飲んだ。

そして、フーッと息をついたが……。

次の瞬間、男は棒のようにバタッと倒れてしまった。

「なるほど。よく効く薬だ」

いつの間にか、ドアが開いてクロロックが立っていたのだ。

「エリカ、後を頼むぞ」

「うん」

クロロックが風を巻き起こす勢いで出て行った。

エリカが猿ぐつわを外すと、

「ああ！　ありがとう！　もうだめかと思ってました」

と、美穂子は涙ぐんで、

「しおりは――」

「大丈夫ですよ。父が追いかけて行きましたから」

と、エリカは言って、美穂子の手足の縄をほどいた。

「しおりはどこへ……」

「森の中でしょう。私――ここでじっとしていたくないんですけど。あなたも？」

エリカの問いへの答えは明らかだった。

「コウモリが飛んでる」

と、マルティン神父が言った。

「洞窟《どうくつ》はもうじきだぞ」

「何をしようっていうんですか?」

と、しおりは言った。

「私はリュドミラじゃありませんよ」

「洞窟へ着けば分かる」

と、マルティンはしおりをせかした。

村の男たちは、手に手に銃や大型のナイフを手にしていた。

娘を連れて行かれたという母親は、何か祈りらしいものを呟《つぶや》いていた。

森は日本のそれとは比べものにならないくらい、深く、木々も太く、からまるように枝が伸びていた。

「——あれだ」

岩の壁が行く手をふさいで、そこに黒い洞窟が口を開けている。

「明かりを」

と、マルティンが言うと、村の男がかなり強いライトを洞窟の入口に当てた。

「中へ入るぞ。――先に行け」

しおりが先頭に押し出された。

「何よ、聖職者のくせに……」

と、しおりは文句を言ったが、

「黙れ」

と、マルティンは言い返した。

「私には貴《とうと》い使命があるのだ。お前一人ぐらいの犠牲《ぎせい》は当然だ」

「ひどい奴！」

明かりが射しても、洞窟の中は闇のままだった。明かりが届かないほど深いのだ。

足下も岩の荒削《あらけず》りな凹凸《おうとつ》があって、転びそうだ。

入口から十メートルほど入ったとき、正面の闇の中に、ボーッと白い光が現れたと思うと、巨大な影が立ち上がって来た。

「神よ！」

と、マルティンが叫んだ。

「我らを守りたまえ！」

人間のような形をしているが、洞窟の高さ一杯——三メートル以上の背丈があるだろう。

ただ、真黒な影は、どんな姿なのか、全《まった》く見分けられなかった。

「撃て！」

と、マルティンが叫ぶと、村人の銃が火を吹いた。

銃声は洞窟の中に轟音《ごうおん》となって響いた。しおりはあわてて手で耳をふさいだ。

たて続けに、十数発の銃弾が発射されたが、正面の影はぴくりともしなかった。

そして——洞窟に静けさが戻ると、今度はウォーッという地を揺るがすような咆哮《ほうこう》が正面から押し寄せて来た。

村人たちが悲鳴を上げて、数人がバタバタと逃げ出した。

マルティンが何か怒鳴った。「逃げるな！」と言っているのだろう。

そして、しおりはマルティンの手で背中を突き飛ばすように押されて、危うく前のめりに転びそうになった。

「何するのよ！」

と叫ぶと、

「お前がいけにえになれ！」

と、マルティンが言った。

「卑怯者《ひきょうもの》！」

と、しおりは言い返した。

「それでも神父なの！」

「うるさい！　引き裂かれ、食われてしまえ！」

マルティンの声はヒステリックに甲高《かんだか》く響いた。

すると――。

「フライドチキンか何かと間違えとるな」

と、声がした。

しおりは息を呑《の》んで、

「クロロックさん!」

「馬鹿な!」

マルティンが愕然《がくぜん》とする。

「眠り薬も、人間には効くのだろうが」

と、クロロックが洞窟の入口に立って言った。

「残念ながら私は少し違う種族でな」

「お前は……吸血鬼なのか!」

「〈鬼〉と言われると、ちょっと気分を害するがな」

「悪魔よ! 消え去れ!」

マルティンが懐《ふところ》から十字架を取り出すと、クロロックに向けて突き出したが、クロロックは苦笑して、

「吸血鬼映画の見過ぎだ」

と首を振って、

「私はお前の神に、何一つ悪いことはしとらんぞ」

と言った。

「マルティン神父、お前こそ、信仰と迷信を取り違えている。自分が何か特別な使命を帯びていると勘違いしているようだが、何百年も前の伝説は後の世に色々付け加えられたり、変えられたりしているものなのだ。現代に生きていながら、そんなことも分からんのか」

「うるさい！　お前などに指図される覚えはない！」

「そうか。では目の前の黒い影を消してみろ。祈りの力で」

「言われるまでもない！」

マルティンは巨大な影に向かって、

「影よ消え去れ！　主よ、私に力をお与え下さい！」

と叫んだが、影は「ウォーッ」と咆《ほ》えただけだった。

「――残念だったな」

と言うと、クロロックは影に向かって手をかざして力を送った。

すると、下から炎が上がって、影がメラメラと燃え上がった。

「薄いスクリーンに、向こう側から影を投影していただけなのだ」

と、クロロックは言った。

「薄い半透明の布だから、撃っても弾丸は小さな穴をあけるだけだ。ライトを奥へ向けて照らせ」

炎の中に、洞窟の内部が浮かび上がった。

少し先で洞窟は行き止まりになっていて、そこを掘り崩した細かな石が山になっていた。

「出て来い！」

と、クロロックが言った。

「人騒がせな奴らめ」

暗がりから姿を現したのは——〈K貿易〉の社長、倉畠《くらはた》信忍《しのぶ》だった。

日本人らしい男たちが数人、彼女の後ろに固まっている。

「やっつけてしまいなさい！」

と、信忍が命令すると、男たちがナイフや拳銃を手に、進み出て来た。

「危ないぞ、そんな物を持っていると」

と、クロロックは言った。

「こういう洞窟では、よく天井が崩れるものだ。用心せんと下敷きになる」

そう言ったとたん、天井がはがれ落ちて、男たちは岩のかけらをもろに頭に受けて、のびてしまった。

信忍が青くなって、

「あの……もう何も用はないので……失礼します！」

と、洞窟の出口へと駆け出したが――。

しおりに足を引っかけられて、前のめりに転ぶと、

「よくも、私を騙《だま》したわね！」

エリカとやって来ていた美穂子が、拳を固めて、起き上がった信忍を一撃した。

信忍は仰向《あおむ》けに大の字になって、気絶してしまった……。

「それじゃ、あの洞窟の奥に、本当に〈マキシミリアン大公の十字架〉が？」

と、美穂子は訊いた。

「あるかもしれんし、ないかもしれん」

と、クロロックは朝食のコーヒーを飲みながら言った。

「あの倉畠信忍という女は、あの洞窟の奥を掘って、十字架を見付けようとしていたのだ。しかし、評判になっては、国が自国の宝だというので、見付けても没収されてしまうかもしれん。それで、ああいうこけおどしの仕掛けで、人が近付かんようにしたのだ」

「でも、そんなことしたら、今は却《かえ》って話題にならない？」

と、エリカが言った。

「いや、何しろ時が止まったような、このゼーダーシュトルム村だ。悪魔の噂《うわさ》でも充分に効果があったろう。――それにのせられて、輪をかけて騒いだのがマルティンだ」

「あの娘をさらわれたというのも――」

「あの女にわざとやらせた芝居だな。まあマルティン当人は、大真面目《おおまじめ》に数百年前の戦いを再現したかったのだろう。村人をたきつけて、ありもしない事件をでっち上げた」

クロロックの話に、美穂子は肯《うなず》いて、

「もともとはお金目当てだったんですね」

と言った。

「あんたは心配する必要ない。偽の十字架も倉畠信忍が、あんたをここへ来させるために用意したものだ。三千万など払っていなかった。永田《ながた》という買い手は、売れない役者のアルバイト。秘書の男は倉畠信忍の部下だろう」

と、クロロックは言って、コーヒーのお替わりを頼んだ。

「じゃ……リュドミラっていう人は……」

と、しおりが言った。

「おそらく、森へ入って、狼に襲われたのではないかな。村の噂《うわさ》の犠牲《ぎせい》になったのだろう」

「私は別の人からこの子を預かったのです」

と、美穂子が言った。

「その人は、この子の母親がリュドミラという人だとだけしか言いませんでした」

「あの教会の肖像画を見ていた倉畠信忍が、そっくりなしおり君をたまたま見かけて、今度のことを思い付いた。もちろん、レストランで見かける前から計画していたのだ」

「ここへ私たちを来させて、どうするつもりだったんでしょう？」

「村人たちを、あの洞窟に近付けないために、リュドミラそっくりのしおり君があそこで姿を消すという事件を起こそうとした」

「ひどい！」

と、しおりが怒って、

「私も一発殴《なぐ》ってやるんだった！」

「まあ、日本へ帰ってから、あの女には罪を償《つぐな》ってもらうことだな」

と、クロロックがパンをつまんでいると、

「失礼します……」

おずおずとやって来たのはマルティン神父だった。

「やあ。よく眠れたかね？」

「いや……クロロックさん。お恥ずかしいです。一人で神の使命だと舞い上がってしまって、皆さんをひどい目にあわせてしまった……」

「分かればいい。——くれぐれも、伝説を事実と取り違えないことだ」

「骨身にしみました。一から修業し直します……」

マルティンは何度も詫《わ》びて出て行った。

「クロロックさんってすてき!」

と、しおりが言った。

「ね、お母さん、クロロックさんを讃《たた》える合唱曲を作ろう! 私、オルガンで伴奏するから!」

「それ、いいわね! 〈クロロック賛歌〉?」

「いや、それは……。名前を出さんでくれるかな」

クロロックは謙遜《けんそん》した——わけではなく、妻の涼子《りょうこ》に何と言われるか怖かったのである。

それが分かっているエリカは、笑いをこらえて、

「私、もう一つオムレツ食べよう! しおりもどう?」

「うん! 食べる!」

「では注文しよう」

クロロックはホッとした様子で、ホテルのダイニングの奥で調理している女性を呼んだ。

そして、オムレツを自分の分も注文したのだが……。

「おや」

と、クロロックはそのエプロンをつけた女性の顔を見て、びっくりした。

「まあ……」

エリカも目を丸くして、

「リュドミラさんだ」

大人になり、少しふっくらとして上品なしおりが、そこに立っていた。

※この作品はフィクションです。実在の人物・団体・事件などにはいっさい関係ありません。

集英社オレンジ文庫をお買い上げいただき、ありがとうございます。
ご意見・ご感想をお待ちしております。

● あて先
〒101-8050　東京都千代田区一ツ橋2-5-10
集英社オレンジ文庫編集部 気付
赤川次郎先生

集英社
オレンジ文庫

合唱組曲・吸血鬼のうた

2021年7月20日　第1刷発行

著　者　赤川次郎
発行者　北畠輝幸
発行所　株式会社集英社
〒101-8050東京都千代田区一ツ橋2-5-10
電話【編集部】03-3230-6352
【読者係】03-3230-6080
【販売部】03-3230-6393（書店専用）
印刷所　大日本印刷株式会社

ISBN 978-4-08-680396-0 C0193

集英社オレンジ文庫

瀬川貴次

怪談男爵　籠手川晴行

没落寸前の男爵家当主ながら
姉の嫁ぎ先からの援助を受け、
悠々自適の生活をする籠手川晴行。
怪異に愛される彼は奇妙な話を聞けば、
幼馴染みの静栄を甘味で買収し、
その真相に迫るべく奔走する!!